范瑞君 著

那些婚姻裡不能說的故事

范瑞君短篇創作集

目錄

留在輕井澤的魔鬼

感情不強求要完好如初。也許破裂成一塊塊，
還能拾起拼出新的面貌，
兩人再一起想想如何裝飾成屬於彼此獨一無二的創作。

我終於鼓起勇氣來到嚮往已久的輕井澤。

輕井澤這個東京的後花園，一直被塑造成浪漫、有質感的度假勝地。年少時多次去東京，縱使才一個小時左右的車程都沒特別感興趣，總覺得這麼浪漫的地方需要有大人的心情，並且和特別的那個人一起去才會有意義。

和U先生交往到現在第七年，我們終於一起來了。在這之前交往的幾年，我們每年都會找出時間計畫一個短旅遊。輕井澤不是沒有出現過在我心裡的旅遊名單裡，但總是很快地被我自己覺得時機未到，輕輕地掩下了。

U先生來過。

「輕井澤，親眼看是不是真的很美？」兩年前在手機裡重看坂元裕二的《四重奏》時，我突然抬起頭、一臉誠懇好奇地詢問。U先生也從手機抬起眼看著遠方，彷彿認真地回想著輕井澤的景致，「就那樣啊，滿美的。不過也就是看看風景，滿無聊的。」

「是喔……」我笑笑將眼神回到手機裡那明明應該陌生又彷彿熟悉的輕井澤。其實眼前一片空洞。

剛剛你抬眼的那一瞬間，回想到輕井澤的什麼？你只回想到輕井澤的景色嗎？男人啊！你真的如單細胞，覺得我只是認真在問景色，而忘卻了那件事嗎？還是說既然我提問了，你就也沒有退路，不是迎面衝突，就是當作我記憶被短暫屏蔽，必須故作自然的回答。也許你心裡還想著：「來啊！別以為我不知道妳在想什麼。」

然後你看著我表演，我也看著你表演。

U先生說不記得住過輕井澤的細節。當時他是跟公司來員工旅遊。事實上他可能興趣缺缺，根本不想在我們這次八天東京的旅遊中，花三天兩夜轉到輕井澤。感覺他是勉為其難配合我，以一種可去可不去的態度陪我走一趟。所以所有的住宿、行程規劃都是我上網找資料做決定。

其實我的目標很清楚，想找個雪場旁的住宿，而且要飯店不要民宿。記得U先生曾隨口提過，他是在輕井澤住宿飯店附近的滑雪場，第一次學會滑雪的。

我心中有莫名的直覺，應該是靠近滑雪場的王子飯店東館，但其實不確定自己有沒有勇氣和U先生去滑雪場。所以就以靠近Outlet較近的理由，選擇了王子飯店西館住宿。

西王子飯店的大廳素雅寬敞。我從進飯店就一直偷偷看著U先生的表情。

「不知他是否認得這裡？」

U先生拖著行李到角落，並沒有好奇地東張西望，看來有點疲憊等著我辦理入住手續。我讀不出他臉上的訊息。

進房後，西式的房型，兩張單人床，窗外一整片的樹。好美！卻也讓我心頭一驚：記得他說過，他們住輕井澤時看出去就是一幅大自然的畫。

「是同樣一幅景色嗎？就是這裡嗎？」

才剛放下行李，鞋都還來不及換，我站在窗前。地面一片雪白，豎立在雪地上的樹看來就像一個個瘦骨嶙峋又固執的男人。這樣清冷的畫面，是不是會讓對著它的人們內心感到寂寞，所以更加想雙雙對對的彼此取暖？

是我心情的關係嗎？我只覺得對著窗外那些固執彆扭的人形樹，讓我心情愈來愈不舒爽。原本預計要先去逛逛Outlet，但忽然煩躁起來的心情，讓我需要短暫的離開U先生，一個人靜一靜。

馬上想到最好的地點就是溫泉。於是更改了行程，兩人先各自去泡溫泉。

泡在露天風呂中，看著眼前的戶外風景，身體暖暖的。我一次又一次嘴裡輕輕哈著氣，彷彿吐出心裡的晦氣，看著熱氣化為煙消散，心情果然平靜許多。

這裡讓我很安心，不只是因為現在露天風呂只有我一個人，而是我知道這裡是淨地。這個溫泉在前兩年才新蓋好的，是唯一可以確認不會有我懼怕的存在軌跡。雖然胸口已經因為溫泉的熱度而微微發悶、心跳加快，我仍捨不得站起來鬆口氣。

「這裡很安全，是輕井澤裡屬於我的氣息。」我反而深吸了一口氣憋住，將屁股往前一挪，讓頭也滅入水中。近四十度的溫泉，讓憋氣變得更加困難，我倔強地堅持著，但很快熱度攻擊整張臉，我不能呼吸變得痛苦……愈來愈痛苦……

「啊——」我手一撐將頭衝出水面，張大口急促地吸著水面上冷冽的空氣……

無法紓解苦痛。

還泡在溫泉裡的心臟仍急速地抗議著。

唰！我猛然站了起來。

心臟消失了！接著取而代之的是頭暈目眩。我趕緊將自己移到池邊坐下，強迫自己緩慢而深長地吸氣、呼氣。

幾秒後，雖然小腿還浸泡在溫泉裡，但終於有吸到空氣的感覺。心臟也緩緩地回歸，向我展示著緩慢而規律的心跳。

苦痛過後有一種重生的寧靜感。

須臾進來了一對母女，女兒看起來是小學生，一出來就被冷得哇哇叫。但看到露天的溫泉又很開心，她怕滑倒，動作謹慎笨拙地跑進溫泉。原本只有我獨自心跳和呼吸聲的寧靜溫泉，就這樣吵雜歡樂了起來。我發現自己基於禮貌的本能，也跟著面帶微笑。

母女二人不會知道我剛剛經歷的水中苦痛。搞不好在她們眼中，我是個熱愛大自然，浪漫、放鬆、幸運地在享受獨占溫泉的小姐。

是啊！我突然矯情地想：「這不就像人生，很多苦痛終究會過去。在他人眼中我還不是像什麼都沒發生過，我可以好好地坐在這裡微笑。」

都會過去的。苦痛就要讓它過去，我也沒必要再強迫自己回憶那種感覺。我認真地感受我現在擁有的呼吸和心跳。空氣清新、心跳正常，彷彿它們早就忘卻不久之前我帶給它們的不適。

這是個注定失眠的夜晚。

坐在房間對著床尾的單人沙發上，拿著書極緩慢地「看著」文字。U先生就寢關了燈後，我還坐在同樣的位子上，換拿手機無目的地滑著。直到聽見U先生沉重的呼吸聲許久，眼睛乾澀、肩頸僵硬、腿麻的我，才緩緩地爬上靠窗邊的單人床。真的就是個單人床，我左側身躺著，並將背往後面床邊挪了挪，看著眼前床上的空位，實在很難想像這樣大小的床如何躺兩個成年人。被壓著的心一揪，抬眼看著另一床映照在月光下U先生仰睡的側臉。

想起那一天，我好像也這樣以同個角度看了他許久……

●

突然從沉睡的意識中醒了過來。

我略皺眉，眼睛在黑暗中疑惑地睜開。沒有噩夢，沒覺得聽見聲響，我更沒翻身。但就突然醒了過來。

我在被窩裡微微動著有點麻掉的手指頭，然後吸了一口氣輕輕地換姿勢、轉向左側。看著U先生的右側臉。耳邊聽著他均勻的呼吸聲，我眼皮下沉正準備再次關機……

U先生習慣擺放在右側枕頭邊的手機，突然閃了一下藍光。因為就在眼前，所以我就算剛閉眼，隔著眼皮都覺得看到了。事實上不知為何在我印象裡的那道藍光，又亮又刺眼，粗暴地讓我整個人都清醒了起來。

事後回想，我那個沒由來的甦醒，根本就是刻意要我來等著這道藍光，所以才會在那一瞬間，我沒有想著那可能是大家都常收到的垃圾訊息就放過這道藍光。

我腦中第一浮現的是：「誰？」

我睜大眼看著平躺的手機，手機惡作劇似地讓藍光消逝，將訊息的通知藏了起來。我的呼吸和心跳都不自覺地急促了起來。我從來沒有看U先生手機的習慣，因為縱使我沒有什麼祕密，我也不喜歡有人看我的手機。當然最重要的是——我相信他。

但現在疑惑快速占領著我的心智。我抬手搜尋、拿起我放在床頭的手機，時間3：15。我平躺在黑暗中睜大眼睛，臥室雖有微弱的月光，但其實什麼都沒看見、眼前一片虛無。我喘著氣、心跳愈來愈快，為自己即將要第一次為非作歹而緊張。

我輕輕地拿起U先生的手機，然後整個人躲進被子裡。先亂試了幾個可能的密碼，失敗。

於是我輕輕側身將手機放在U先生面前，下意識地將手機抓得很緊，深怕一不小心將手機摔在他臉上。月光不夠亮，失敗。

開手機的手電筒可能又太亮。想起在廁所門邊電力已經有點不足的小感應燈。我大膽揮了一下手，亮起了微弱的光線。先看著U先生是否被吵醒，如果驚動了他就先假意去上廁所。他沒有反應。

這時我心中居然想著：「都這個時候了，你怎麼還可以睡得這麼熟？」想著如果我的手機就這樣要被別人看到了，就覺得可怕。把握熄燈之前的短暫時間，再次將手機拿到他面前。我過度用力抓著手機的手有點顫抖。居然解開了！

冷靜。我趕緊輕輕地躲回被窩中。置頂的訊息是我的，第二個是Ivy。點開Ivy的一則未讀訊息：「都好嗎？」

半夜三點多，什麼都好嗎？訊息從昨天開始的，昨天U先生剛自東京參加公司員工旅遊回來。

昨天

Ivy：〔平安到家了〕 下午5：17

〔好。祝一切順利。電聯〕 下午5：18

Ivy：〔晚上和他電話聊了一下。很難溝通。〕 下午10：28

〔需要一點時間吧〕 下午10：44

Ivy：〔這時間你差不多要休息了吧。晚安。♥〕 下午10：45

〔晚安。別想太多〕 下午10：47

今天

〔語音通話10：25〕 下午2：05

Ivy：〔都好嗎？〕　上午3：15

我雙手根本止不住地顫抖。無法抑制地猜想他下午打語音電話給Ivy的通話說了什麼？所以那個叫Ivy的女人才會不放心要在半夜三點多發簡訊來關心：「都好嗎？」

半夜三點多對一個有女朋友的男人傳簡訊？是如何的沒有常識？是如何的親暱？是如何的忍不住？是如何的無懼？是如何的挑釁！

這兩天U先生的情緒的確不太好，沒有旅遊回來分享遊歷的興致。對我更沒有小別重逢的喜悅。從昨天他們短短的幾句對話，那個女人應該有自己要處理的難題。是家人還是男人？看來是深受困惑而找我的男人討論？我怎麼從來沒發現U先生是一個適合和女性討論感情話題的男性？

那U先生也曾和Ivy聊起過我嗎？知道有我嗎？都聊了些什麼？我也是

U先生口中的困擾嗎？

我起身到客廳倒了點威士忌、一口喝下，想讓酒精放鬆一點感覺神經。沒有特別輕手輕腳，才知道自己原來平常太過緊張小心，這點動靜根本吵不醒他。

我在黑暗中的客廳來回踱步，細心感受身體緩緩地被酒精麻痺放鬆。我沒有在問清楚與先按捺不動之間猶豫過，面對事情我向來只會簡單化面對處理。我認為感情更應該如此。

我等待自己放鬆一點，只是不希望自己情緒失控，歇斯底里且顏面盡失。

我進房開了燈。坐在床邊輕輕握著U先生的手，將他喚醒。

他醒來，有點迷糊地看著我，「怎麼了？」

「Ivy是誰？」

「誰？」可能真的還在混沌中或一時無法連結我口中的Ivy，本能戰術性的先反問。

「Ivy是誰？」我平靜而堅定地看著他。

U先生看來是明白了。他皺著眉頭起身走去廁所。我沒有阻止他。我坐在原處，耳朵聽著身後他在廁所的動作聲響。我感到自己背脊一陣發冷。

許久。他回來坐在床邊，「怎麼樣？」

我將手機還給他，「Ivy是誰？」

「妳為什麼看我手機？妳查我？妳怎麼可以看我手機？」看來他第一反應是先責難我。

而我也真的心虛感到抱歉，「很抱歉看你的手機，但那是因為……」

我不知該如何解釋那股召喚我的直覺。我甚至好想跟他證明這是我第一次看他訊息。

我到底在幹什麼？

兩人都尷尬地停頓。

不行！現在也沒辦法假裝沒事了。我要振作起來，深呼吸，「她是誰？」

「公司合作的廠商，這次公司也招待了五家廠商代表。」U先生回答得很乾脆，試圖用一種談公事的口氣說話。

「她為什麼問你都好嗎？」

「朋友問候吧。」

「在半夜三點？」

「我怎麼知道。可能有人比較沒有時間觀念。」U先生的聲音大了起來。這是一種表示自己無辜而先發制人的態度，提醒我不要犯疑心病且無中生有。

「你喜歡她？」U先生居然看著我沒有回答。

「可是她有男朋友？」我心臟一陣酸軟，但仍努力保持冷靜。

U先生眨了一下眼，語氣明顯地放軟，好像聊著我們的一個共同朋友，「她似乎剛好這陣子和男朋友有點問題，所以偶爾會聽她說說。」

「所以呢？你要和她一起？」問的話和他的回答毫無邏輯可言。

「沒有啦。就只是旅遊時還滿聊得來。她很活潑大方。」

「怎麼開始的？」

完全出乎我意料之外，U先生居然開始用一種無辜孩子氣的坦承語氣，還帶著些許愉悅地訴說下面這段話：「就有一天我開玩笑說她老穿工作褲也太沒精神了。如果偶爾穿裙子應該會有很不一樣的感覺。結果過兩天她真的就買了條裙子穿。我那時就感覺她可能滿在意我的。」

我驚訝地看著他，心想的是：「我在他心目中到底是怎樣的人？」為什麼他覺得可以用這種像和朋友分享的方式和我討論有人喜歡他。他如此可愛坦承，我又應該用什麼相對的態度回應呢？

「進展到什麼程度？你要和她在一起？」

「沒有啦。」他低著頭看著地上。

「發生關係了？」

「沒有。」這次他回答得挺快。

「怎麼可能？都去外地旅遊了。晚上沒有一起喝個小酒？」我很不安。非常不安。畢竟男人要跨出界線比起女人是要容易得多。

更何況對方還是一個正向他抱怨男朋友的女人。好像只有女人才會了解這個女人的動機。

沉默。

但我看著他，沒有放棄等回答的意思。

「真的沒有。有一晚在輕井澤，她來我們房間喝酒聊天。我累了先躺到床上。後來她好像也喝多了有點暈，就躺到我旁邊。我還開玩笑說這樣太危險，如果發生什麼怎麼辦？她說那我們就連朋友都沒得做。」

「那你室友呢？」

「那時Andy好像跑去別的房間喝了。」

「所以就你們兩個？然後什麼都沒有發生？她什麼時候走的？Andy什麼時候回來？」沒錯！我思緒失控了。

怎麼可能！我還原不了當時的狀況，也超出我理解的範圍。他可能終於察覺我語氣中透露出情緒的失控，也驚覺自己說得太多，只會讓我沒有選擇的放手離開。或者，他在此刻終於想到我們的關係了，他也想留下一點我們還要不要在一起的主控權。

反正自此以後他的回答只有「就是這樣」、「我不記得了」，也不願再回答任何的問題。

然後我還是免不了無能地哭哭啼啼。U先生表示並沒有想和我分開。但居然也直接拒絕了我提出要他馬上和Ivy斷聯繫的要求。他的說法是，需要給他一點時間。

我無法估計他給對方的承諾，以至於需要時間慢慢地放手。我內心憤恨不已。我氣他寧願冒著失去我的風險，也要對對方有情有義。我更恨自己：明明清楚現在選擇權在自己手上，卻因為捨不得、不甘心放下這段感情，任憑對方如此對待自己。

這件事情過去五年了。那一晚之後的事其實印象非常模糊，好像彼此都沒再刻意提起過這件事，也不清楚他們聯絡到何時。起碼U先生就在自己的眼皮底下，一起過著如常的日子。偶爾在記憶中閃現這段回憶時，心會揪一下。

只記得當時好長一段時間，自己的心好虛弱。

就在像這樣大小的床上嗎？我伸手隨意就可以扣到床的邊緣。明明隔壁還有一張床。明明室友不在。明明自己來躺在旁邊，還說什麼「那我們就連朋友也沒得做。」

然後什麼都沒發生？

這一切到底誰能說服自己相信？我甚至曾經荒謬地氣U先生何必坦白說得那麼多，又要停在一個天方夜譚的環節。但糾結這個又有什麼意思呢？人生活到某個歲數就會了解：沒有什麼事情是可以要求別人來配合，只能自己選擇要、還是不要。

捨不得放下，就只能概括承受。

過去那幾年偶爾會見到U先生的同事Andy，我都會極度的尷尬。他是怎麼想我的呢？「這個笨女人知道我們員工旅遊時的那件事嗎？」他和U先生是否有很深的男人情誼和默契？那天晚上，他是刻意善解人意去別的房間，讓出空間給U先生他們的嗎？在他做這樣決定的那一刻，他曾經有一瞬間想到也認識的我嗎？有試圖出言阻止過U先生嗎？還是很支持朋友萌芽的新戀情？所以在你眼中我不好嗎？

這些問號終將成為我和Andy永遠的隔閡。僅存禮貌並內心努力掩飾尷尬的微笑。

而東京旁的輕井澤也成為我內心的芒刺。偏偏這是一個我沒有去過的地方，更容易無止盡地擴張想像。每次計畫旅遊，必定會偏執地先在Google輸入輕井澤。這無疑是一種自虐的行徑，最後再從那個存在網路裡的輕井澤落荒而逃。如此搜尋後的夜晚我就會有一種U先生不會發現的低落情緒，一夜無言。

勉強在這些往事中胡亂地昏睡了一下。

●

今天要去滑雪。靠近滑雪場時，U先生突然拾起了片段的記憶，開心的語氣說：「啊！我們那時候是住在東王子。」

「是喔。房間有差很多嗎？」我故作隨意地問，但心中馬上浮現出曾在網路搜尋過熟悉的房型。

「大小、格局都差不多。」

「嗯。」嗯……很好。心中矛盾地有種慶幸的感覺，起碼確定不是現在住的飯店。希望晚上我會睡得好一些。但同時心裡想著：「你真的現在才想起嗎？你同時想起了什麼？什麼開心的回憶呢？裡面有她嗎？」

我們預約了滑雪場的教練。U先生雖事隔五年，卻馬上就找回當時「同事」教他滑學的記憶，一下就揚長而去。我有種不知要和誰比拚的賭氣，明明平常不是運動神經特別發達的人，如今一方面小心翼翼不讓自己跌倒，同時又咬著牙拚了命地要追上他、向前衝。這樣的偏執居然意外地讓我提早脫離了教練的羽翼。同樣的滑雪道，我終究也畫下了屬於我自己的軌跡，這行徑就像小狗撒尿，希望可以覆蓋過前人的氣息。看著他們欣賞過的沿路雪景，然後保持不近不遠的距離看著U先生的背影，想著他是否也曾這樣追過別人的背影？

妒意讓女人瘋狂，我從行程確定的一剎那，就不斷地問自己：到底何苦來這一趟自虐的旅程。是潛意識想要瓜分掉他們在這裡獨一無二的回憶？還是為了抑制那無止盡蔓延的好奇心，親眼來看過，我才能滿足地放下？

太過逞強的後果就是，下午去Outlet逛街時，一路雙腿疼痛顫抖。但我還是執拗地堅持要走過每一個區域，就真的只是走，其實也沒有特別想看或想買的東西。唯一特別停駐在某個品牌，那時U先生買了這個品牌的一個長款錢包給我，這次出來我還特別換上這個錢包帶在身上。我在裡面繞了繞，起碼在這裡我是被想起過的吧。錢包是U先生當著那女人的面前買的？或是刻意避開了？還是根本一起挑的？這些問題五年前問不出口，現在才要再提也不合時宜。所以問號還是問號，得不到答案。如果真的得到答案，就會重新定義這錢包和我們選擇繼續走下去的這五年生活嗎？

晚上在Outlet用餐時，從早到晚的滑雪加行走，身體的疲累和疼痛已超過負荷，也奪走我所有的注意力。這個時候U先生他們是否來過這裡用餐、吃了什麼對我彷彿都不再重要。我有一種錯覺，好像糾結了五年的心魔就這樣沒有徵兆也說不清因果的就放下了。

難怪有些心靈遭受苦痛的人，會用身體的苦修來治療。因為只有用更強大的一種痛才能轉移當下的疼痛。

這個夜晚，一直處於緊繃狀態的疲憊身心都需要修復。我側躺對著月光向內捲起身體，在腦海中輕聲告訴自己：我要休息。我需要好好休息，為了……

我開門走進飯店的房間。看到U先生和那個女人躺在床上。女人背對著U先生面對另一張空床。我不知哪來的勇氣走到床尾問：「你們在幹嘛？」

女人張開惺忪的睡眼說：「我累了想睡覺。」

「那妳回自己的房間睡啊！」

「有什麼關係，她累了讓她睡一下啊。」男人依舊動也不動地躺在女人旁邊。

「當然不可以！」

「為什麼？我就是想睡在這裡！」女人的眼睛依舊沒有張開，似乎還嘴帶微笑。看似諷刺我沒用、愚蠢至極。

「妳到底想怎麼樣？」我語塞又憤怒。

「我就是想在這裡睡一下。」簡直就是無賴到底。我直接上前要將女人拖下床。她就像爛泥一般任我拉扯，但就是堅持躺在原處。

男人竟然也起身護住女人讓她躺在原處，「妳怎麼搞的？這有什麼關係！」

我好憤怒。我跳上狹小的床，正確說是跳坐到女人的身上。然後意外發現自己好胖，肚子有好大一坨脂肪。我用拳頭以很雄性的攻擊方式，捶打著女人。但她只是堅守著她躺著的小小領地不肯讓步。

她完全知道如何激怒我！

男人拉著我的手，嘴裡重複著：「這到底有什麼關係。」

「這怎麼會沒有關係！」我轉身開始打男人巴掌。很扎實地、很用力地、很大聲地，一下又一下教訓著他。但他彷彿沒有痛覺，就像爛泥一樣面無表情隨便我毆打。

我張大嘴巴嘶吼著：「怎麼會沒有關係！怎麼會！」

「啊……」我聽見自己艱難地發出喉音想要吶喊，卻只能勉力發出病中呻吟的聲音。

我喘著氣，很努力地才讓自己睜開眼。眼睛慢慢適應微弱的月光，感覺身體僵直地躺著。劇烈喘息著的胸腔還充滿怨氣。我眼角流著淚。

這好像是自五年前事情發生以來，我第一次將心中的惡魔如此暢快地表達出來。

雖然只是在輕井澤的夢裡。

●

最後僅剩的一個上午短短時間，選擇去U先生沒有去過的高原教會和石之教堂散步。在近乎黑白色調的步道行走上山，讓人有平靜肅穆的心境。突然在冷冽的空氣中，望見高原教會木造的三角形教堂，感覺很溫暖。但看到石之教堂卻有震驚的感覺。直覺這裡就是我這趟旅行的終點，就像是一個徵兆，這裡也許會有什麼未知的答案。

石之教堂是用厚重粗獷的石頭砌成的，一環一環的沿著自然坡道堆砌出通道。遠看像一個由細到粗的管子，走入其中又看見建物透過玻璃讓光線、自然和天空合而為一。上網一查，果然有人比喻建物是男性的粗獷和女性的細膩互相扶持，象徵美好的婚姻關係。所以是很多人嚮往的結婚勝地。我倒覺得，我們兩個步行在裡面像是攜手通過陰道要邁向子宮。暫坐在這用堅硬石頭環繞的子宮中，配合一層一層透過玻璃爭先恐後竄進的聖光。我和U先生看著正前方一望無盡遼闊的路途，不自覺地牽緊了手。

我右手輕放在下腹，彷彿感受到在手心下子宮裡的生命也如此頑強。直到此刻，我才突然有強烈的欲望想聽聽這個新生命的心跳。

我看向身旁的U先生。他正抬頭透過玻璃沉迷地看向外面的天空。光灑在有著小男孩表情的他的臉龐。

老實說我認為破鏡是難圓了，自事情發生以後，我對他就不再有初始的信任感。但世事好像也不是一有瑕疵就得丟棄。既然當初選擇繼續，現在也只能相信——曾經以為要失去的，才會懂得珍惜。

感情不強求要完好如初。也許破裂成一塊塊，還能拾起拼出新的面貌，兩人再一起想想如何裝飾成屬於彼此獨一無二的創作。

雖然不確定自己是不是已經做好進階當U太太的準備，但有些事情要往前進就是需要一個徵兆。也許是選擇這個時候來到的生命、也許是來到這個讓我噩夢連連的輕井澤、也許是進來了這個像子宮堅實又纖細的教堂。又也許，其實我內心早已做好決定，所以才會不知不覺引領我到此處尋找、面對這些佐證、放下我的心魔。

光輕輕地移動。U先生眼神追著光、看向我。我下定決心將握著的他的右手，放在我的下腹部。他一開始有些疑惑，然後彷彿也感受到什麼，驚訝地看著我。

那一瞬間，我聽見了生命的心跳聲。

我們相視而笑。

爆擊

這些小事單獨來看好像不至於
構成可以拿來分手的條件，但這些都真實存在，
像一根根的小芒刺時不時會浮現出來。

「妳快一點！慢吞吞在幹什麼！」

走在百貨公司，突然間聽到一聲怒吼。轉頭望去，一個褲腰頭拉到接近胸下的老頭。雖然明明有一點駝背，但整個人散發一種固執的能量，讓他看來直挺挺的。他正站在手扶梯下，催趕著還在手扶梯中段的老婦人。

「來了啦、來了。」婦人先快速掃了被驚動的我們一眼，輕輕笑了笑，然後有點緊張小心地抓著行進中的扶手，顫顫巍巍同時跨步向下。老頭明知周圍的人都注意到這個驚動，也沒想化解這分尷尬。他沒等老婦人到達地面就逕自離開，還不斷在嘴裡碎唸：「那麼慢，不走快一點……」

我忍不住駐足，有點緊張看著老婦人，希望她不要因為老頭已經離去而更急著下樓梯。老婦人終於下了手扶梯。臉上依舊掛著淺淺的微笑，步伐輕輕地快步跟上。

確認老婦人安全，等不及他們消失在我的視線中，我也趕緊轉身去跟上，那個已失去蹤影的男人。

老婦人臉上的笑容，我認識。那種笑容也常常掛在我臉上。我想就是因為看到那個熟悉的笑容，猶如同類互相吸引一般的讓我駐留不忍離去。那個笑容不是因為有什麼事值得笑，也不是臉皮厚被大聲斥責了還嬉皮笑臉。而是一種討好的陪笑，那個笑試圖讓公眾場合裡的大家知道：「這其實沒什麼喔。」同時也是告訴自己：「不要感到窘迫喔。」甚至，更是自以為體貼地希望剛吼完我的人不要感到尷尬。

會吧。對別人發怒後，如果彼此的氣氛很糟是會尷尬的吧……會吧？

跟上了男人的背影。可以放慢腳步了。接下來只要跟上他行進的節奏、保持距離尾隨即可。「我剛剛要停留多久，他才會發現我沒跟上？」我好奇著兩人之間這神奇的引力。

後來我根本無心逛百貨，心裡一直在意著老頭對待老婦人的態度。同時也想著「事情可能不是表面的那樣」，也許老婦人真的有值得讓人發怒的理由。是因為她總笨手笨腳、有傲慢的拖延症或是今天真的有很緊急的事情，才讓老先生意外發怒。想完自己都忍不住笑了出來，還剛好對上旁邊服裝店員的視線。她趕緊生了個笑容可掬給我，我也急忙控制住正要收起來的微笑，匆促點頭、加快腳步離開。

我明明很清楚，老先生的行為就像家暴。第一次出手可能自己都會嚇一跳，但出過手後要再出手就輕而易舉了。老先生會在公共場合這樣不尊重的喝斥，而老婦人也看來習以為常，顯示老頭分明就是累犯。

我竟然將自己習慣自責的慣性套在老婦人身上。

「妳在幹什麼！快一點！」

我慌忙地將右手的垃圾袋交給已拿著回收袋的左手，然後努力掏鑰匙鎖門。腳上套的球鞋，腳跟都還來不及踩進去。踮著腳、轉身奔向電梯，才發現裡面還有樓上一個不熟的鄰居。「不好意思。」我抱歉地笑著。鄰居也尷尬地對著我微笑頷首。倒是電梯鏡中，男人的側臉看來微慍。

為什麼？我突然緊張起來。我做錯什麼？低頭看著男人空空的雙手，我殿後是因為我要拿垃圾還要鎖門，你不知道嗎？所以到底為什麼總不等我要先按電梯？發現裡面有人是不是可以等下一班電梯？是不是可以有禮的請對方稍候一下？為什麼最後選擇在別人面前用不耐煩的語氣催我？所以鄰居那一抹微笑是……？突然一股燥熱湧上臉頰和耳朵，我覺得好丟臉，頭更低緊緊地盯著手提的垃圾。

因為太丟臉，覺得電梯裡的時間好漫長。因為無處可藏的窘迫，所以胸中的怒氣逐漸鼓漲了起來。

老婦人可能就是將來的我。

電梯裡的鄰居就像剛才目擊老婦人被喝斥的我。原來鄰居那一抹微笑裡有理解的同情。

意識到被同情的自己呼吸有憤怒感。這個憤怒也許融合了剛剛的老婦人和我自己。我開始用眼神尋找前方的男人，就像拿著長槍要瞄準獵物一般。男人居然用那張一臉無害的神情在研究拉麵店的菜單。我緊盯著他、靠近他身邊，安靜地等待。「吃拉麵吧。」他邊準備進門邊說。我看著他後腦勺忍住沒回話。沒得到應有的回話節奏，他頓了一下，微微回頭皺了一下眉頭說：「可以吧。」

「嗯。」我接上了慣有的節奏。他明知道我只有這個答案，所以平常我都還默默地感謝他會願意走儀式地徵詢我同意。

是我自己有意識地讓出和他之間選擇食物的主動權。同居的頭兩年我就發現，男人會問我晚上想吃什麼。奇妙的是不管我說什麼選擇，男人思考後總是會有各式各樣的理由覺得不適合：這個時間不好停車、今天中午吃過同樣的肉種了、那家店現在愈來愈難吃、那種店油煙太大衣服會臭、最近不想吃炸的、那家是貴而無當……

很明顯是我不夠深思熟慮。既然反正最後還是他決定，所以我自己在內心決定乾脆讓出選擇權。既然是自願讓出了，我也真心誠意的去想像男人每一次的選擇都正中我的心意。

「又是都好！最討厭聽到這個答案。那我也不知道，都不要吃好了！」在一次我回答「都可以」後，他煩躁地抱怨。於是我知道還要適時的提出被否決的建議。

但今天，明明是我認同好吃的拉麵店、明明口中原本就沒有其他期待的味覺，我卻覺得自己交出食物的選擇權這件事十分憋屈。

坐下對著一人一格的隱密空間，離開了他人的視線。我的忿怒加上委屈已經失控，肆無忌憚地從表情和眼神恣意橫行而出，充斥著小小的空間。點了菜單上那碗麵中央點綴著血腥的拉麵。

我回想著那天出電梯後是怎麼化解我的情緒？是等不到男人來安撫自己的。反而好像因為我在他人面前耽誤了一下電梯而影響到他的心情，以致整晚很長的時間，他的表情都很嚴肅靜默。氣氛莫名的死寂到讓我一度想著該如何安撫男人。但我不理解他那種負面的情緒到底是什麼，我實在無從下手。就好像我是一個受傷倒地的人，我看到你也躺在不遠處的地上。雖然沒看到你傷到哪裡，但我也想安慰你。只是一動發現傷口實在太痛了我根本自顧不暇。我其實好想哭，就算不能趕快得到醫治，也希望能有人先安慰我一下。

最後終究是自己的理性精靈反覆安慰自己：「沒事，這不過是件小事。

妳不要小題大作。」

我是成熟的大人，「不應該」為了這樣的事鬧脾氣、有情緒。與整個宇宙相比，其實什麼說來都是小事。所以以數學等量代換的算法等於——所有的事都不應該計較。

但人生不就是由這些看來微不足道的小事累積而成的？明明有情緒、明明受傷是真的，但被不尊重的對待要忍受也是應該的？

他媽的理性精靈妳到底知不知道自己在說什麼！

突然想起一個朋友分享她分手的理由。她說：「可能是對方曾經買過一張我看不懂審美的椅子。可能是他某次因為開車和別人起衝突的嘴臉。可能是他要配著電視睡覺的習慣。這些小事單獨來看好像不至於構成可以拿來分手的條件，但這些都真實存在，像一根根的小芒刺時不時會浮現出來。」別說他人聽了不能理解，連她自己邊說都邊疑惑了起來。於是只能說是不愛了吧。人在愛中像上了麻藥，比較耐痛。麻藥退了，所有的感官將重生，一切都更為敏感，再小的芒刺都會令人疼痛難耐。

拉麵從面前掀起的簾子遞了上來，想將碗拉近，被燙到，刺痛。手上的熱、胸腔的痛和腦殼中的怒火連成一氣。我靜靜地看著碗中的那坨漸漸暈開的紅。身邊的男人已開始吃麵，耳邊充斥著整間店顧客此起彼落簌簌吸麵條的聲音。

聲音愈來愈遠……愈來愈小……

「要快！」腦海中浮現這兩個字猶如比賽中的鳴槍。我起身向左一大步的同時拉著碗往地上摔，沒等男人反應轉頭看，我就從他身後用兩手將他的頭按進拉麵裡。他發出悶聲，急忙雙手撐著桌子要起身。我快速移動到他左邊，待他正打算起身還不穩的同時，抬起左腳使盡全力一踹。他向有碎碗的地面摔倒。我傾身向前想踹他的臉，卻看見那張無助狼狽的神情。我瞬間心軟停頓了一下。

不行啊！你怎麼可以在這時候流露出那麼脆弱無能的樣子。你如果還有那麼一點點的骨氣，你就要拿出平常面對我的嚴肅、不耐、苛刻的臉孔啊！

店裡其他的顧客此時都用一種輕巧自然的身段離開了，彷彿他們本來就剛好用完餐要離去，怕用力奔跑反而會激怒我轉移目標到他們身上。只有一兩個店員遠遠地站在店門邊，盡最後虛弱蒼白的職責。我放下抬起的腳，最終還是不忍心踩他的臉，這在我內心覺得是充滿汙辱性的動作。俯身撿起一塊看來尖銳的碗碎片，抬眼對上他的表情。很好！他經過剛才搞不清楚狀況的措手不及，現在已換上暴戾的神情。他伸手想抓我，我一屁股跨坐到他肚子上，將他雙手扳開，用雙腳踩住他的手臂固定在地上。然後用右掌心壓著他的右臉轉向側邊，不想直視他的臉意識到他是一個人。我眼前的他看來在劇烈掙扎，但制伏他卻意外地輕而易舉？我雖有短短幾秒的疑惑，但隨即想著可能因憤怒而生的爆發力就是如此驚人吧。

左手裡的碎片對準他的頸動脈往外劃下，卻只在皮膚上留下一道紅色的淺痕。看來要殺一個人真沒那麼容易。躺在身下的男人此時感覺鬆軟沒有動靜，我趁著一股狠勁再用力劃下。

肉綿綿的在我眼前猶如影像放大放慢動作，完美的裂出一個開口。下一秒血爆濺了出來！我激動得大叫：啊——啊——

拚了命地叫累了後，才捨得安靜下來。從男人頸部流出的鮮血緩緩……緩緩以圓向外暈開。

「呼——」我輕輕地吐出了一口氣。

簌簌。左耳傳來男人吸拉麵的聲音。

「妳怎麼不快點吃？」他嘴裡有麵含糊地說。

我轉頭定睛看著他。急促地帶起一絲微笑，「要吃了。剛剛太燙。」

拿起筷子，一把划開麵中央那一坨赤紅的醬汁，染成一整碗的腥紅。

我的心臟還在劇烈地跳著。

在百貨公司的停車場，由於車位比較狹小，上車時我的手肘和大包包撞到車門邊。「啊！」我語音還未落，男人：「哎哎哎，沒刮到漆吧。」我趕緊查看一下，沒事。男人沒再說什麼，我也鬆了一口氣。心中默念著：「沒事。沒事。」應和著手肘傳來一陣一陣慢慢淡去的疼痛。男人對待車子的態度，總讓我重新發現他細心的一面。平常請他幫忙買個東西或繳費，他不見得耐煩或記得，更別說是要記住各式各樣的節日。但定期保養、檢驗車子，小心呵護清洗打蠟，所有跟車子相關的事看來都做得甘之如飴。也是，車子可以如此漂亮帥氣、給男人完全的私密空間、不會有多餘的廢話。最重要的是完全聽從男人的駕馭。我自嘆不如。

哈！可笑的自己，我跟車子有什麼好比的。手肘就那麼磕了一下，又沒什麼大不了。這樣也希望被關心一下，是不是太孩子氣了。

男人開始抱怨起上司工作分配不合理的狀況。我一向很珍惜開車時有機會和男人聊天的時光。相較於在家中有許多的家務和瑣事，還有所有3C類產品的干擾；坐車裡雖然場合看來很非正式，但兩人被關在一個小小的空間無處可去，也無事可做。一直沉默似乎有些尷尬，而且兩人各自對著前方並沒有一定要面對面說話，這種介於自言自語和聊天之間的氛圍有種安全感吧，於是男人偶爾會開啟一些話題。不管他說什麼，我總是很開心自己能當他的傾聽者，有時我贊同他，有時也會有不同的看法。雖然絕大多數我的不同觀點會被他直接否決，「妳不懂啦！」

我學著不介意。這不就像大部分的人一樣，很多時候看似在詢問，實則只想有人可以肯定自己心中的答案。沒關係，我也不見得是正確的。也許男人抱怨一下可以得到抒發，也許他經由訴說的過程可以更加理清思路，那我就欣慰自己起到作用了。

短暫的沉默。

突然想起一個無禮的同事今天令人不愉快的新行徑。在同一個部門有這樣的同事其實非常困擾我，但工作又不是說逃就能逃，很可能還是需要長期忍受。我才剛開始說到他今天見客戶時又失言了，所以害我們要……

「好！然後結果呢？」

「啊？」我愣了一下。

「結果……」我轉頭看著他盯著前方道路、皺著眉頭邊說話的臉。

「結果就是我要多想一個方案再給對方公司。」我直接跳到他要的尾句。

結果？沒有什麼結果。結果其實一點都不重要。我現在是在公司作簡報嗎？

我總是忘記每個人是如此的不同。這世界也並不是你怎麼對待人，人家就會如何對待你。男人的時間非常的珍貴，我連說話都要簡短。我還曾自我反省過是否因為自己陳述得太過無聊和囉嗦。但在思考想說出口的事情值不值得說和試著要整理成一個簡單精彩的敘述時，我就沮喪了。怎麼只是跟身邊的男人想說件生活瑣事，都要有壓力的經過整理和修飾。

事情有沒有重點和結論其實一點也都不重要。我只是想要分享。就像我聽你分享你想分享的事就會很開心。為什麼你不在乎我的分享。也許問題根本在於男人並不想要把時間花在我身上。

我又來了。又想用自己的思考邏輯去要求另一半。所有的雜誌、專家和朋友都會勸戒妳：「不止男人和女人不一樣，每個人對於在乎的事情，和面對刺激的回應都極不相同。妳不可以用自己的想法去度量另一半……」

那我應該用什麼來思考？我因為在乎，所以用來面對另一半的態度，就是我所學會並最看重的方法。而無法得到相似的回應，我不被重視的不舒適感也是那麼真切的啊！那都是最真實的我。不然我到底應該用誰的角度來思考？

其實相處的這七年下來，我已經自我過濾掉很多的「廢話」。仔細檢查人生中的確有許多的廢話。一路刪減廢話後發現，實在也沒什麼值得說的話了。多殘酷的事實。在對方面前原來自己就是一個廢話堆積出來的人生。

仰起頭。微張開口。長長緩慢的吐出一口廢氣。依舊沒趕上洩掉胸口那怨氣充飽的氣球。

我就是想說廢話！我也只能對著你說廢話！不行嗎？我還不能細究為什麼不行對你說廢話，答案的指向其實只有一個：他不尊重我……

「快下車！發什麼呆！」

我被驚醒！胸口啵一聲，氣球輕輕地破了。

他下車逕自往電梯口走去。我轉身去摸尋他座位下用來防身的小木質棒球棍。

下車關門。

他聽見我的關車門聲，頭都沒回的用遙控鎖了車門。

我轉身看準右邊的後照鏡，拿起球棒用力揮下！

金屬伴隨玻璃碎裂的聲音聽來好暢快！

接下來橫揮球棒向右前門。完美地留下漂亮的凹陷！

我看向他，他似乎有點還不知道發生什麼事、愣在原地。我走到車頭看著他，卯足全力敲向引擎蓋，一下、兩下。有點遺憾球棒太小支，手心震得隱隱作疼。他彷彿終於了解我在做什麼，奔了過來。我趁著空檔快速爬上引擎蓋。抓緊時間敲打擋風玻璃。出乎意外的難以破壞，玻璃只出現小小一圈一圈蜘蛛網般的裂痕。

他衝過來近身抓住了我的左腳踝，我只好順勢右腳往後拉大距離並藉以穩住重心，然後將球棒轉往他的頭揮去。清脆的一聲，伴隨像濃稠的番茄汁爆裂。

時間停格在那美麗的噴濺畫面裡。

喜歡嗎？我直接動手，不跟你說廢話了。再也沒有廢話了！

「快點！電梯來了。」

我趕緊快步跟進。看著電梯鏡中自己一臉無辜的表情，好像是刻意要掩飾剛剛內心凶狠的心情。

我在鏡中偷偷看向男人那頭髮修剪精緻的後腦勺。

電梯門一開，我急忙的在包包中撈著鑰匙。剛剛在電梯裡光顧著拂去腦中暴戾的影像，忘了先準備好鑰匙。今天情緒看來是太過浮躁。愈急愈是撈不到，我尷尬焦慮地站在門前，不停在大包裡尋找，但其實注意力都放在我的背後，想像男人逐漸不耐的神情。鑰匙終於現出身影，我已提醒自己要俐落，卻還是試了兩次才順利插進鑰匙孔。好不容易進門，我鬆了一口氣。想先逃到單獨的空間，將自己的身心放空安頓一下。

「妳趕快先去洗澡。」身後傳來男人的指令。

「我還不想！」我心裡想著。

「今天我這件襯衫要先洗起來，明天我還要穿。麻煩妳幫我熨一下。」

ＯＳ：「這意味著我今天晚上還要等衣服洗好、晾好才能睡！」但我還是放下包包快步去拿準備洗滌的衣服。

「進房間時順便開冷氣！」

我趕緊拿著衣物進房，拿床頭櫃的遙控器打開冷氣。

一進廁所，洗手台上的兩支牙膏、兩支洗面乳屍橫遍野。我試著去理解為什麼不能用完一種牙膏和洗面乳再換另一種。我只要求起碼將它們立起來放好，為什麼老是做不到？

我總是努力在完成男人給的指令，縱使我其實剛回家什麼都不想做，只想先發一下呆。但我還是連坐下都放棄，就馬不停蹄地完成。因為我覺得男人的指令是合理的，就算內心常有一個聲音在吶喊：「我知道這是對的，但到底為什麼一定要那麼趕著做！」或是「我可不可以現在就是不想做？」而男人對我的要求就是做不到的原因，難道是因為我的要求是無關緊要或純屬我個人的執拗？

在將牙膏、洗面乳擺立的過程中，我很明顯的又感受到自己內在的崩塌。

今天的自己就像是身體累積了過多的廢水，一旦開了縫自己都收不住。雖然今天並不是發生了什麼事多特別的一天。

就只是剛剛好的這一天。

跟今天之前我給對方的兩次爆擊不同。累犯行事已不需要仰賴衝動。

我開始冷靜的在環境四周尋找可以攻擊的物品。沒有。

我走了出去，看著那個坐在客廳沙發對著電視螢幕卻在看手機的男人。他做著我回家最想做的事。

我決定用最具有汙辱性的攻擊——打他巴掌。

高高揮起。一巴掌！

打空了？

我試著揮出第二個巴掌。看著手掌半透明的穿過了男人的臉頰，就像我是隱形人一樣？

我左右手奮力地輪流亂揮，氣喘吁吁卻只像是揮拳打在棉花堆裡，更加空虛。

現在就連運用想像，我的信念都建立不起自己的存在感了？

我喘著氣試著打了自己一巴掌。火辣刺痛！

我頹喪地跪坐在地上、仰頭望著他。他俯視著手機裡的他的王國，也像俯視著我。

我好像有點懂了……看來自始至終我能掌控的就只有自己。

在男人的面前，妳得不到應有的尊重，委屈累積轉化為憤怒。妳對男人生氣，其實更氣自己。妳想爆擊消滅男人，其實妳潛意識知道應該消滅的是任憑他人不尊重的自己。

我看向陽台緩緩走了出去，天上有點點繁星。看來明天會有好天氣。靠著八樓的女兒牆看向底部，想著是否該一躍而下爆擊那個沒有存在感的自己。

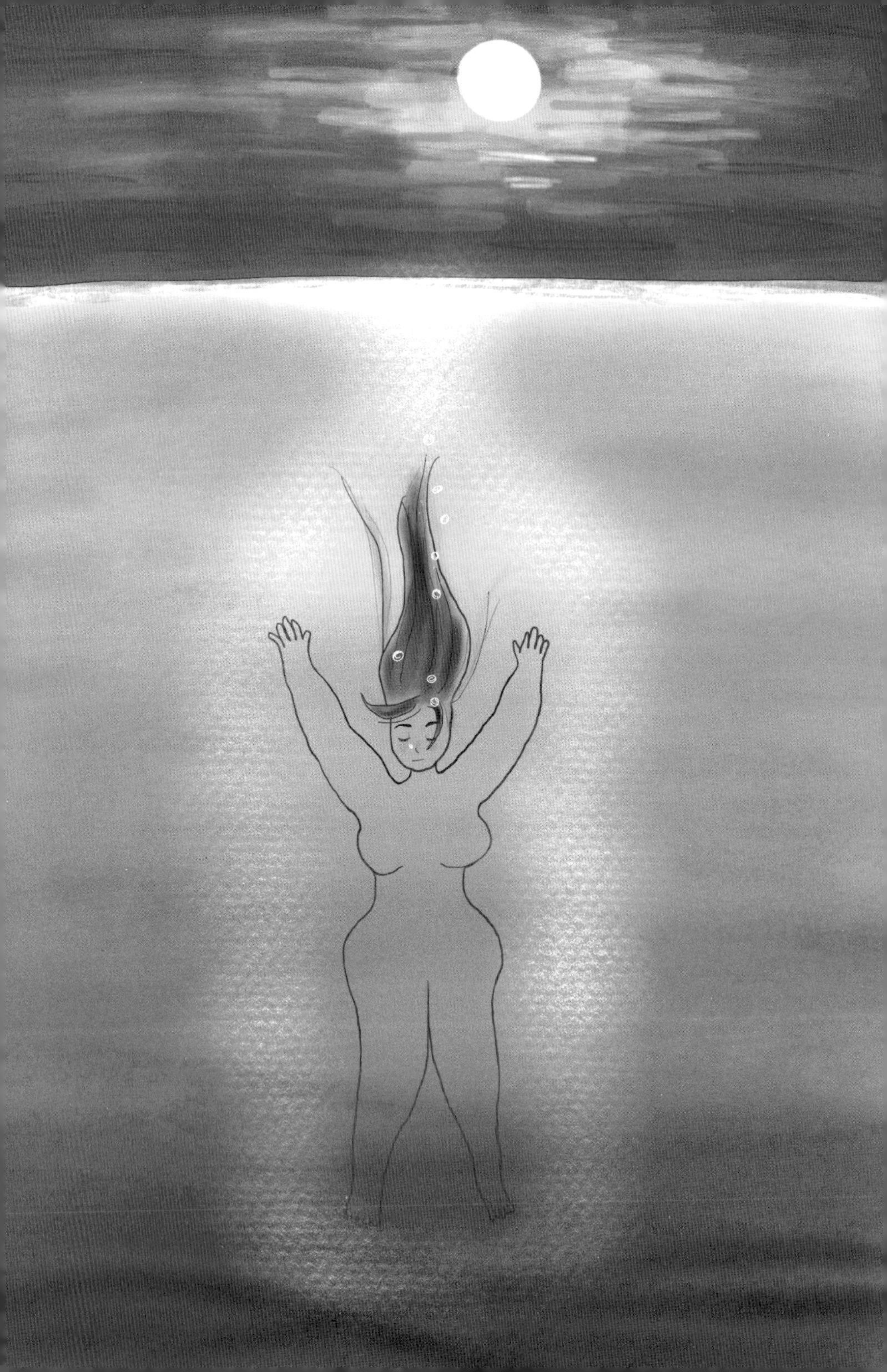

透明

男女花了很多的心力想找到彼此來得到完整。
然後又渴望維持距離來保有自我。
我們似乎在彼此的眼中，愈來愈模糊、愈來愈透明。

嘰——

天啊！剛剛實在太驚險。才一個小恍神想著等一下回家要記得買垃圾袋和菜瓜布，前面銀色的日產車彷彿突然想到要右轉，慌張地在往右變換車道的同時才補上右邊的方向燈。

還好我反應算快，趕快握緊煞車減速。我的老摩托車罵出嘰嘰嘎嘎的髒話，我撇了一下車身，和前車驚險且完美地錯身而過。

之後直行越過日產車先生時，快速側頭看了他一眼，他好像對我剛剛的生死一瞬間渾然不知。

我來不及生氣，這時我的心臟才剛從驚嚇中回神，劇烈地跳了起來。我趕緊張大口的吸氣——呼氣——，就像平常一樣，順便把剛剛的不悅當成二氧化碳用力吐出。

可能剛剛吸吐得太大力，一直覺得頭昏昏沉沉地。到超市買菜，再繞去乾洗店幫老公拿回西裝。回到家匆忙準備晚餐的備料時……唉啊！才發現還是忘了買垃圾袋。明天也要提醒自己繞去便利商店繳信用卡帳單。

「怎麼每天都有那麼多細小瑣碎的事情？」這好像是我這幾年常有的感嘆。

將菜的材料快速備好，飯也在按下開始鍵的電鍋裡。寫個LINE請老公快到家時給個簡訊。菜下鍋的時間要抓好，上桌才會熱騰騰。老公可以到家洗個手歇一會兒，聞一下飯菜香引起食欲並完美地銜接上桌。

登登登！老公回了簡訊「嗯」。這是他慣有的，也是我最常從他那裡得到的回答。

「畢竟他在工作中嘛。」我心想。但我還是忍不住玩味這個「嗯」。自己發出聲音嗯嗯看。哈！自己都忍不住輕笑了起來。不管嗯幾次，都覺得自己像個大老闆。

在老公回來之前的空檔，趕緊拖地、清理沙發上貓咪的貓毛。貓咪是自己結婚前就養的，老公也很喜歡這隻白底乳牛斑塊的大肥貓「乳牛」。只是他有點潔癖，不喜歡養貓所帶來貓毛的副作用。所以清理貓毛這件事也是要抓準時間，太早打掃好也會再給乳牛製造落毛的空檔。每次清理的時候我都會有種回到學生時代打掃，等待老師來檢查的心態。雖然我總是忍不住心想：「養貓嘛，怎麼可能沒有貓毛？」但也只敢停留在心裡想著，我從來沒有說出口過。

抬頭望見坐在沙發把手上看著我用滾輪膠黏沙發、全身脖子以下毛都被剃掉、現在重長的毛半短不長有些雜亂的乳牛那副狼狽模樣，突然對牠有點內疚。我帶著歉意摸了摸乳牛的背，牠還天真地用頭回蹭了我。

要趕在鄰居煮飯前去收衣服。

之前和老公吃著晚飯，從陽台傳來鄰居的炒菜香。老公突然起身奔了出去，搶收衣物。桌上的飯菜我一時不知怎麼掩護，只好趕快手忙腳亂地先抓起對菜虎視眈眈的貓，跟著出去幫忙收衣服。

他嘟囔著：「以後我們衣服要先收，不然會有油煙味。」

對耶。他在生活上總是很細心，身為女性的我每每會在這時候有點汗顏。這不是我應該先考量到的嗎？以往我們會隨興地輪流收衣物。但後來為了趕在鄰居準備晚餐之前，比較早下班的我就全責的攬起收衣服這件家務。

站在廚房流理台前，看著手機，盤算最後燙青菜和炒肉的時間。聽到鑰匙開外門的聲音，嚇了一跳！我趕緊小跑步到門口想先幫忙開內門。慢了一步。剛好迎來開門的他。

我微笑著說：「回來了。」老公彎著腰脫鞋，沒有回應，看起來一貫的累。我正想幫他接過公事包。

「回來了？」廚房傳來一個女人的聲音。

「……！！」廚房？誰？我明明剛從廚房裡出來啊！

然後我眼前的男人悶悶地回了一字：「嗯。」他順手將脫下的西裝外套丟在餐桌上，拖著疲憊的步伐踱進房間。

瞬間我頭皮發麻，背脊從腰部開始涼上來。我看著走進房的男人心想：「你不覺得奇怪嗎？廚房怎麼會有人？你丟我一個人在這，我進去看嗎？」但我雙腿動彈不得。廚房傳來開火煮水、熱鍋的聲音。

感覺隔了半個世紀。

我不懂進房的男人到底在幹什麼？為什麼這麼久都還不出來，不就只是換件便服嗎？

同時我荒謬的在努力回想自己剛剛是不是漏掉了什麼？

我是不是有邀請什麼朋友來？但因為什麼早發性病變的前兆，所以我記憶有短暫的空白？

搜尋的結果一片空白。

終於，我的雙腳有一點知覺了。遠遠的，我輕輕地挪動腳步到可以看到廚房內的角度……再一點點……真的有人！看到那女人的一角了。鼓起勇氣身體再微傾……看到了！那個女人……

是我？

不！是和我穿著相同衣服的中年婦女？她的背影看來比我胖。我見過她嗎？怎麼看起來可能是我，又愈看愈陌生？

男人終於出來了，嘴裡懶洋洋地說著：「好餓。」

我還來不及開口，廚房的女人轉頭回答：「快好了！」於是我和女人無法閃躲的面對面。

是我！我看著那女人有種視覺連接腦部辨識不完全的感覺，很不真實，但……應該是我沒錯。

原來我的背影看起來是那個樣子，和我想像的不一樣。可是她好像沒有看到我又轉頭去盛菜。還是故意無視於我？

我想求助於老公，我望向那個坐在沙發上好像一無所知看著電視新聞的男人。胸口有種在夢裡做噩夢時想吶喊，卻什麼也發不出聲的炸裂感。

女人出來把男人丟在餐桌上的外套吊到大門邊的衣帽架上。然後開始進進出出的盛飯、擺碗筷和端菜。

我看著衣帽架上老公的外套，不合時宜分心想著為何他每次總是要把外套丟在餐桌上？明明一進大門邊上就有衣帽架。

好像提醒過他一次，他說：「妳先看到了就幫忙吊起來，不然我之後也會吊啊。」聽起來好像很有道理，彷彿是自己愛計較了。

只是無可避免永遠都是我先看到……男人的話不管怎麼想都像既得利益者的言論。

不對！現在不是思考這件事的時候。

我眼前的那個「我」到底是怎麼出來的？

是因為今天交通上的小意外，把我的三魂七魄嚇了出來？一定是！因為那近乎是這幾年我生活裡唯一的「不規律」了。那我是否應該學電影一樣，試著把自己撞回去？

但其實我也整理不出什麼訊息。為什麼我的「本我」在這裡？那個女人看來也活靈活現地，並沒有因為失去了「我」變成什麼奇怪的行屍走肉。

我唯一可以確定的是我比較特別。因為很明顯的我看得到他們，他們卻看不到我。突然想起《24個比利》！

我是有受到什麼打擊人格分裂出來了嗎？

男人、女人面對面在餐桌就坐。我想坐在我習慣的座位上，但女人快我一步坐在我的位子上。我決定試著一起擠，想著說不定就被我擠回身體裡去了。沒想到我真的坐上椅子了，只是一直套不上自己，無法完美的合上那女人所有的動作。沒多久就感覺有點像戴著超重度數的鏡片，令我昏眩想吐。

我敗陣下來。眼看也沒有什麼頭緒，只好先在他們中間坐了下來，看著他們吃飯。

「好安靜啊。」我心想。原來我們家比想像中來得靜默。

男人嘴裡吃著飯，眼睛大部分的時間越過女人，專注地看著女人背後客廳電視裡的新聞。我懷疑他真的知道自己正在吃什麼嗎？

因為知道他們看不見我，也沒事做，所以我乾脆大膽地盯著男人。很近的。可能因為很久沒有那麼近看老公，有點像攝影千倍放大了某個花朵的一部分，看起來已經變成別的模樣。

我一度懷疑眼前這個男人是不是也跟我一樣是失去本我的狀態，所以總感覺他也有什麼不一樣了。唯一可以確定的是，一直到男人完食坐回「新聞」面前，縱使過程中他有短短一兩句話回覆女人的自言自語，「還沒買垃圾袋所以明天無法倒垃圾。」等等瑣事。

男人也沒有正眼看女人一眼。

我忍不住暗暗的佩服男人。因為畢竟女人就坐在他的正對面，就那麼一個小巧的四人餐桌。他還要越過女人才看得到她身後的新聞節目。居然可以一個正眼都沒對上女人的臉。

難怪。他感覺不到家裡的老婆已經不一樣了。也許下次可以像日本綜藝節目一樣來惡整老公，找一個髮型裝扮相像的陌生女人來充當我，看他多久能發現……

算了。答案怕是會讓我笑不出來……

男人面對新聞深陷沙發裡，然後拿起手機開手遊。

我知道一天工作的疲累後讓他即將呈現好幾個小時定格的狀態。他這樣右側固定的身影，是我這些年從餐桌看過去非常熟悉的畫面。

我只是始終不解，在外忙碌了一天回來，為什麼不先去洗個澡然後再舒服乾淨的就定位。以前好像問過，說是要睡覺前把自己梳洗乾淨才舒服。但客廳是能有多髒？就算這時候先梳洗好，你到睡覺前也就是坐在沙發上不會活動啊？而且這樣的順序還要多換洗一套便服耶。

縱使心中有很多叨叨絮語，我已經學會不去提這些無聊的瑣事。如果再提就只是引發他的不快。常想在兩人的關係中，不害怕搞壞氣氛的人總是贏家。

就像只單方面的看了《情緒勒索》這本書，並自我反省希望不落窠臼的關係、要努力重生的人，注定只能被不認同這本書觀念的人繼續情緒勒索一般。

只是這樣的小事總會提醒我，兩個人是多麼不同的個體。從原生家庭帶來多麼不一樣的習慣，就算共枕，我還是多不了解身旁這個人。

原來決定進入婚姻是這麼重要而神聖的事。

我試著去坐在男人身邊那個我平常很不熟悉的沙發位，反正現在他感覺不到我。很意外明明在自己的家，卻如此的不自在。

是我的錯覺嗎？只是保持距離坐在旁邊，彷彿就感受到男人的溫度！

我有多久沒感受到他人的溫度？所以才會對身旁溫度的改變這麼敏感。

那個女人洗好碗筷就進去洗澡。半小時了。我知道她早就洗完澡。只是她一個人坐在床邊低著頭靜靜地滑著手機，看著社群軟體裡那些和自己不相關的豐富生活。有時按個讚留個言，與人有互動會感覺不那麼寂寞。縱使按讚的對象可能永遠不會認識她，甚至不會知道有她的存在。

我走了進去，坐在女人對面的地上，看著女人。女人低著頭，頭髮散落在兩頰也遮不住微微下垂的臉頰和嘴角。

「妳老了耶。」我輕輕地說，彷彿說重了會傷了她的心。

「妳看起來比我自己感覺中的衰老、疲憊而且笨重。」甚至保持距離這麼一看，我才發現妳看來其實很淡漠。

從剛剛吃飯時，我就有點意外妳和我自己想像的不一樣。我不是那個一直努力營造溫暖家庭氣氛的人嗎？但我好像從來沒有像剛剛那樣客觀地聽過自己說話的語氣，每一句話的尾字缺乏一個完整結束的尾音，甚至可以說是戛然中止。聽起來疲軟不堪。談論的話題沒有新意，不都是妳在電視劇或書裡早已知道不應該老是拿來煩老公的柴米油鹽醬醋茶嗎？

還有我想像中放在臉上給老公的微笑，其實看起來像是一個彆扭的撇嘴罷了。眼神其實根本沒有笑意，妳什麼時候變成了個皮笑肉不笑的冷漠女人？

接著整個晚上妳和他就各據沙發和餐桌的一角，面對著手機進入各自的世界裡。當妳沉浸在韓劇的虛幻世界，我反而看到妳嘴角微露幸福的笑容?!

今天他們進房睡的時間晚了點。不是有什麼特別的事或兩人要營造什麼特殊的時光，就只是因為明天是假日，所以要好好把握住這份生活裡的小小不同。然後當然也沒多做什麼不同的事，就只是延長手遊和韓劇的時間罷了。

既然現在他們看不見我……我是否應該把握這些時間做些什麼？

最後我試著站在已經打呼的男人床邊，小聲但表情惡狠狠地對他說：「你每天回家就只會窩在那邊打手遊，我看了很、討、厭！」男人當然是聽不見，繼續一臉傻相大聲地打呼。

我清楚自己的荒謬。明明現在男人看不見自己，但我還是只敢在他睡著時抱怨。所以我到底是不敢面對他，還是不敢面對要說出真實感覺的自己？答案顯而易見。

好。因為我知道自己也有類似的缺陷，所以我搞不定自己糾結反覆的心態。雖然最後我還是只敢壓抑、輕聲地指責。但能說出心裡的感受超乎想像得舒暢。

我想這類連我自己都覺得枝微末節、羞於抱怨出口，但又像根心裡芒刺的不滿多到可以繼續數落上一整夜。

床上的男人和女人背對背，各自窩在床邊，一張Queen Size大小的床中間空出了還能睡下一個人的空間。

我跪坐在床邊地上，近距離看著男人的臉。回想起我們第一天共枕，天微亮時我睜眼看著和我近距離面對面眼前的他。他睡著的表情看來如此可愛。也為他能在我身邊安心沉睡著感到幸福。彷彿我們能如此近距離相視來開啟新的一天，就完整了彼此的生命。

但現在眼前的男人，和女人一樣都失去了靈性。側睡的臉被傾斜的贅肉和紋路擠成另一張臉孔。原來我也很久沒有看過他的臉。我就這樣像看個陌生人的臉，用臉上的風霜來猜測這些年來，他經歷了什麼。

「他有好好被愛過嗎？」我不禁疏離地這樣想著。

雖然隔天是假日。但男人還是一如平常地一早就輕手輕腳地起床出門。我終於能滿足好奇的跟了出去。

他就是找了個早餐店吃中式早餐，然後去便利商店坐在那裡喝咖啡配手機。再去自助洗車場慢悠悠地洗著他的愛車。

的確這一切的行程就如他平常很節儉偶爾吐出的隻字片語所述。這是他很私密的個人時光。他從來沒想要邀請我一起分享。

但其實也很好。我知道女人在難得的假日睡飽飽後，現在應該也悠閒坐在餐桌邊聽著自己喜愛的音樂、喝著咖啡配手機。

中午女人熱上前兩天留下的剩菜，但男人不喜歡吃剩菜想吃泡麵。所以兩人就安靜的各自準備、分別用餐。

接下來整個下午，兩人就襯著陽台外的蟬聲，各自繼續進入手機那旁人無法窺探的世界裡。

傍晚女人起身去煮前兩天就說好要吃的簡單麵食。

天黑。開燈。

待一天的終止，為了明天兩個人都覺得無趣的工作，你們移動到臥室繼續同床異夢。

日復一日……

這時我意識到，看似被捨棄的我明天將不用再盡那些工作和家庭的義務，不用去面對沒有擁抱和期待的一天。

我竟有小小的愉悅。誰會想到我居然還能擁有一個假期。權衡得失之間，就只有老公看不到我……

有差嗎？其實他好像很久沒有關注我……我寂寞地微微一笑。

我現在倒是該想一想……就算有機會是否還要回去我的身體？

在狹小的兩房大樓裡，兩人彷彿處在不同的時空。所有的活動都十分有默契的完美避開觸碰到對方。

多有趣。男女花了很多的心力想找到彼此來得到完整。然後又渴望維持距離來保有自我。

我們似乎在彼此的眼中，愈來愈模糊、愈來愈透明。

這就是你們當初在茫茫人海中尋覓到對方，決定在一起後所想像的生活？

……我似乎有點明白為什麼我在這裡了。

也許。我是再也受不了這樣的生活逃出來的。

也許。有過多感受的我，是被女人從她想要的平靜生活中驅逐出來的。

也許。當對方愈不在意自己，我們就會一層層的褪去，漸漸透明。

親愛的妳。這樣對嗎？未來漫長的日子裡，妳會不會需要驅逐出更多原本屬於妳的，那些有過多感覺的人格，然後妳才能若無其事的生活？結果在妳以為應該最重要的人面前，妳卻最沒有存在感？妳是否會對不了解的外人說，妳在老公的身邊得到了幾十年的「寧靜」時光？然後妳用看似溫柔但只有自己懂的自嘲微笑做結尾。最後直到有一天，妳身邊這個曾經愛過的男人嚥下最後一口氣時，妳反而輕輕地，不為人知的鬆了一口氣？

「男人是否也驅逐出了部分的自己？」我抬眼看著他的樣子，突然有點同情。一時忘了也許讓他變成這樣的施暴者是我自己，「我又對他做了什麼？」他是否也同樣在忍受這些相處與生活。

這是惡性循環，也許我們對彼此失望了，於是忽視對方或逐出自己的感覺。然後愈來愈麻痺情感的我們，就更沒有能力善待彼此。

之後就有更多的我們出逃，我們也愈來愈透明。那分離出來的他呢？消失了？所以我也會就這樣消失嗎？以前兩個人感覺都在等對方先表達出情意，希望對方配合自己、了解自己。但如果我即將漸漸透明消失，我是不是應該努力一下，就算是為自己？

搜尋腦海中所有靈魂出竅故事的結尾，我可能必須重回到當時受驚嚇的場景、等待一個奇蹟的瞬間，或是尋找到真愛，才有機會回到原本的身體。

在沒有更好的方法之前，明天我會去試著重複昨天的路徑，檢查自己這一路到底疏忽遺漏了什麼？然後現在我也會看著眼前這個男人，好好地回想我們到底是從哪裡錯過了彼此？

能找回什麼？我不知道。內心可能只是不想辜負那個「曾經的我們」所做的決定吧。

魂

我們兩個對望著，好像我們是彼此多有默契的心靈支柱。
然後她就消失在我眼前，
彷彿剛剛她的存在是我喝多看花了。

那天我們在夜晚尋常的對飲中，竟然又超出了微醺的界線。忘了兩人在說什麼，反正也不會是什麼重要的人生大事。

他大聲地，「妳懂什麼！閉嘴啦！」

這刺中了我的點，在酒氣驅使下我難得地回嘴。大概是說了，「你也就只會逞男人威風。難怪沒人想留在你身邊……」

接下來我只感受到耳邊一陣劇痛。我被他揮拳打倒在地。一陣昏眩，我來不及憤怒或為自己傷感。甚至痛到忘了流淚。我只是本能的讓自己伏得更低、窩在地上，想穩住那天旋地轉的噁心感。

我感受得到男人揮拳後停頓了一下，然後踉蹌地逃離客廳、進了廁所。

為什麼我在昏眩中還知道他去了哪裡？我其實是很警覺地特意盯著這件事。我記得他說過小時候，他和媽媽常被喝醉酒的爸爸動手毆打，國三有一天，他爸爸又對媽媽動起手，他失控地衝向廚房拿起水果刀，想要解決一切災難的起源。他說那時候就只想著要同歸於盡結束這一切。最後是媽媽不顧他持著刀，衝過來緊緊抱住了他，才沒真的釀出意外。放下刀的他和緊抱住不放的母親，最後還是一起被爸爸踹了幾腳。他說很奇怪那時完全不覺得痛，反而有點欣慰起碼自己能陪著媽媽一起挨揍。

但此刻我們之間沒有其他人可以緩衝，所以我在被卯了一拳後是完全酒醒且警惕著。

原來……我對於他會失控這件事是心懷恐懼的。

其實平常的他是個看來安靜靦腆的人。甚至我有一種感覺，他因為隱隱知道自己內在會有暴走的亂流，所以平常在生活中一直特別謹慎壓抑地掌控著自己。但也因為如此小心翼翼地生活著，所以難免壓力比較大。偶爾晚上就喝一杯小酌來放鬆情緒。但酒神的邀約就是如此微妙，常常一瞬間就會熱情狂躁了起來。如此一來就陷入惡性循環，對失控感到懊惱、更加拘謹地活著、壓力更大、更需要放鬆、宣洩、失控、對失控感到懊惱……

當然他的失控並不是都出手打人，雖然偶爾在要保護他安全的狀況中，我們會有推擠拉扯，但這是第一次他對我如此重的正面攻擊。如果不是這樣，我一定早就離開他了！

應該會離開吧……

我想所有女孩在小時候對愛情的想像中，應該從來沒有一個選項是當王子的媽媽吧。但很奇怪我對他的感覺一直多的是心疼。心疼那個小時候沒有被父母保護好的小男孩，好不容易歪歪斜斜地長大了，然後又難逃宿命地發現似乎在重蹈覆轍自己終身最厭惡的父親行為。就像《星際大戰》裡的黑武士，那從出生就被寫好，無法扭轉注定邪惡的宿命。差別在於，雖然我身邊這個小男孩感受到宿命了，但還在抗拒宿命的安排。

當他在醉酒後的鏡中看到自己和父親神似重疊的嘴臉，隔天看到枕邊人埋怨的神態，他應該不難想像枕邊人和過往母親一樣經歷了什麼夜晚。

他更加痛苦。

而我，總忍不住想當他命懸一線的那根細線。我想當他的媽媽，安慰他，「當時是你太小，不是你無法保護媽媽。」想當他的媽媽，彌補當年沒能在爸爸面前保護好他。

但我究竟哪裡來的資格？

我的親生父親在我三歲時就和媽媽分開了。然後他就徹底消失在我們母女倆的生命中。我對於在台灣如此小的地方，可以徹底失去一個認識的人蹤跡這件事，感到不可思議。反正媽媽只好帶著我獨自謀生。媽媽一開始在一間小服裝店幫忙顧店，媽媽是頗有姿色的，沒多久就被附近開飲料店的叔叔來追走了。媽媽就帶著我這個拖油瓶跑去陪叔叔顧飲料店。

兩年後他們鬧翻了，媽媽大哭一場。然後只好帶著我去朋友的小吃店幫忙。

在店裡認識了一個離婚、有一個小六兒子的送貨司機，媽媽就帶著我去過了重組家庭的生活。六年後，當哥哥搬出去過大學生活，司機叔叔彷佛卸下育兒重擔的同時，也想得到更全然的自由，所以也將我們卸下了。

媽媽大哭一場。然後媽媽在朋友介紹人脈的牽線下，在我們的租屋處開了小小一桌的麻將間，維持母女倆基本的生計。

在那邊認識了計程車叔叔，大哭一場。

業務員叔叔，大哭一場。

搞不清楚做什麼的叔叔，大哭一場。

我在想媽媽不知是真的很不喜歡工作？還是傳統？還是戀愛腦？反正

每談一段戀愛她就不約人來打麻將了，全心全意陪著對方、依賴著對方。然後等被甩了，再涎著臉求朋友介紹牌友。

在那個過程中，因為都要仰賴叔叔的金援，我又是他們愛情裡多餘的附件，所以我一直被提醒要很乖巧、很安靜、很獨立。而且看到叔叔來，一定要表現得很開心。畢竟除了親生父母尚可勉強包容，應該沒有其他人可以忍受一個臭臉任性的小孩。印象中一開始我把第一任飲料叔叔當親爸爸，但當然對方不可能有同等回應，他那麼年輕，我又在三歲多貓狗嫌的年紀。長大事後回想，我想我應該也是讓飲料叔叔那麼快和媽媽分手的原因，畢竟愛上一個女人就要馬上兼當現成爸爸是一件需要勇氣的事情，更何況這孩子還是兩人關係的氣氛破壞者。然後我也努力想再把送貨叔叔當爸爸，但叔叔很忙，中間還夾著一個要小心拿捏相處分寸的調皮哥哥，始終拉不近距離。後來的幾位叔叔對我而言就只能定位是媽媽的男朋友。

我從來沒想過找親生父親，因為我的爸爸已經夠多了。

我有時想如果媽媽靠自己賺錢的話，我們是不是可以活得更有底氣？我是不是也不用陪著她小心翼翼地討好叔叔們。但媽媽總是說：「那怎麼辦？我什麼也不會。」

於是我高中就決定不當她的累贅，搬出去學美髮。一方面是我害怕以後什麼都不會，我想要自己賺錢，不想像媽媽一樣一輩子只能討好依賴男人。另一方面想著也許沒有了我，媽媽才可以更容易找到真愛吧。

啊！原來是這樣嗎？我不想要爸爸型的男人，我不想要依賴男人。所以我找了個需要我來照顧他的男人，我來當他的媽媽。

痛感來了！整個左邊頭顱都在劇痛，我懷疑自己是不是骨頭裂開了，疼痛感一直擴散。我緩緩小心地撐起身跪坐在地上，頭很昏。

「妳居然還是被打了。」

「什麼？誰？」模糊中我一時搞不清楚聲音從哪裡來，第一反應是我產生幻聽了嗎？但頓了一拍想，聲音感覺好真實……心中一驚！「誰？」顧不得每抬一寸頭就覺得腦漿在天翻地覆地翻攪。我奮力地抬起眼轉向聲音的來源，我左前方的廚房門口，居然真的看到一個女人！她靠在門邊淡淡的神情看著我。不對，與其說她神情淡淡的，不如說是她……淡淡的……她整個人看起來都淡淡的……有點透明？

「我這一被打，打出見鬼的能力？」我心想。

「他已經很久沒動手了，我以為他已經完全學會控制自己的情緒了。」她看來有些遺憾，還輕輕地搖了搖頭。

她看來並沒有關心我被打，比較像是她和誰打了個賭，但現在男人動手破了戒害她輸了，所以她遺憾。那個有點透明的她轉身……走？……移動到廚房裡的櫥櫃前，打開櫃子望著裡面。我突然知道她是誰了！

「妳是他的前女友？」我沒辦法解釋我是為什麼知道。很可能是她望著櫥櫃的神態，和我當初剛住進來時發現櫥櫃裡的東西用小籃子分類的井井有條時，猜想著他前女友是什麼樣的人的那一瞬間做了跨時空的連接吧。

她沒有看我也沒有回答，不置可否的樣子。

「妳是……？但我沒聽說妳已經……」

「櫥櫃裡維持得很好。」

果然是她！但這時候聊什麼櫥櫃！難道有人會因為櫥櫃裡分類的調味料而產生執念？

「因為妳原本就整理得很好，我照著放就好了。」我心想如果這是她的執念，我順著她在乎的事，讓她安心是不是可以撫慰她？我也會安全一點？這時我突然想起男人在家啊！我想叫喚他，卻發現自己如做噩夢般的叫不出聲。反倒是她似乎感應到我想求救的念頭，轉身朝我靠了過來。我卻傻傻地動彈不得。

「很痛吧。」她在我面前蹲了下來。

我愣愣地輕輕點了點頭。

接著她伸手輕觸著我的左胸口，苦笑著說：「明天這裡會更痛。」

我們兩個對望著，好像我們是彼此多有默契的心靈支柱。然後她就消失在我眼前，彷彿剛剛她的存在是我喝多看花了。

夜還是一樣的夜。我在地上坐到感覺地板冰涼、腳僵硬疼痛，才緩緩爬起去找止頭痛藥吃。家裡好安靜，我耳邊完全搜尋不到男人的動靜，只瀰漫著空氣撞擊牆壁想竄逃出去的低鳴。等藥效麻痺我的痛感後，感覺我也恢復了聽覺，我聽到鄰居家裡傳來微弱的電視聲。好像是挺歡樂的節目，我有種只隔了一面牆卻只有我被世界遺棄的感覺。然後我把注意力放在想聽出他們到底在看什麼節目，一面輕聲地整理客廳的狼藉。

輕聲緩慢地梳洗、用手機微弱的畫面光照著小心地開房門。床上的他發出輕微的鼾聲熟睡著，我像演驚悚片一樣站在床邊看了他許久，努力想連結起剛剛動手的他和現在眼前熟睡的他。我不理解他為什麼還可以睡得這麼無邪。

我輕手輕腳地上床平躺看著天花板，理性地想著，「今天男人對我動了手，一切都完了。男人只要動一次手，就會有第二次、第三次。我一定要離開他……我剛剛看到的女人……到底……」

感覺到身邊的動靜醒來，微睜眼看到從窗簾縫漏進來的日光。我不動假裝自己還睡著，感受著對方小心翼翼起床怕驚動我的動作，我居然有點窩心？我馬上責備自己的荒謬，提醒自己昨天可是被打得頭痛欲裂。此時身體彷彿被心念提醒才想起還要疼痛，左腦又痛了起來。

我靜靜躺在床上聽著男人出門後，才勉力將自己移動到廁所梳洗。左臉浮現一點點瘀青，也許粉底蓋得掉，還好眼睛沒有腫……這時我才想到自己居然沒哭！我想與其留在家中胡思亂想，還不如照常去美髮店，免得之後還要應付客人和同事的各種詢問。

到廚房倒水喝時，看到男人留下的字條，「貝果在烤箱烤八分鐘」。突然想起昨晚幻影中的女人摸著我胸口說的話……我的心真的痛了起來。臉不聽話地扭曲了起來，眼淚終於從昨夜的驚恐中醒了過來。

今天的工作中，我驚訝於自己的如常。我本就沒想和任何人聊昨夜發生的事，因為想也知道大家會說什麼。如果是朋友發生這樣的事，我可能比她們還會給意見。我也有種奇妙的心態，不想在人生中被冠上「被家暴的女人」。我甚至沒一直沉浸在傷痛中，和同事、客人都還有聊到哈哈笑的時刻。也許只在空間的片刻、在看往街上樹梢的片刻、在廁所單獨的片刻，想起了昨夜。

夜。兩個人在同一個屋子裡，卻異常的安靜。保持著完美的距離。我其實不知道自己在等什麼。昨夜睡前不是已經下定決心絕不寬宥？我明明應該開口說分手，但我卻不知該怎麼做，更不知該如何開口。男人坐在沙發上看著電視，獨自又倒酒喝了起來，我沒有阻止他，心中甚至隱隱在等著看他要喝多少，是否會再犯錯。

「妳心軟了對吧。」

我轉頭一看，昨晚的女人坐在餐桌我的左手邊座位上。她正面對著男人，看著他。我急忙往右看著男人想求助，但很明顯男人聽不到也看不到女人。奇怪的是我沒有過多的害怕，而是理性地在想我是不是像有些電視上演的，因為受創傷而精神失常了？我用雙手搓揉自己的臉，看來像是因為疲憊要提振精神，其實是藉機用力按摩了眼睛，希望這一切都是我眼花。

轉頭……雖然女人還是那有點透明的狀態，但……她還在。

一方面我不敢久看她，另一方面她那種透明是我知道她在那裡，也看得到她，但若要我形容她長相時又會一片模糊的感覺。我只好故作鎮定地把頭轉回來，專注地盯著正前方的白牆。身體僵硬、背脊發涼。

「妳覺得昨天是意外。妳今天也反省了自己，覺得可能是自己說得太過分了。妳覺得他知道錯了。雖然妳沒有等到他的道歉，但妳認為他早上起身時怕吵醒妳、準備早餐和晚上準時回家都是他在對妳表達歉意。」女人語氣平淡地訴說著。

我依舊盯著白牆，但呼吸變快、內心激動，「女人一定是我自己的幻覺！因為她說的完全就是我今天的想法。」我不敢回話。我怕男人聽到我跟他看不見的女人說話，會發現我精神有狀況。

「所以妳決定假裝沒事，不再提起此事，以避免紛爭。等待如常的生活粉飾太平。」

「走開！」我忍不住轉頭，不出聲音用明顯的嘴形對著她說。

「……」她居然用憐憫的眼光看著我。

因為我的確對男人的態度猶豫不決，我被眼前這幽魂同情、瞧不起。我有些惱怒，有股衝動想將桌上的馬克杯丟向男人遷怒到他身上。但我很清楚我不行這麼做，這會讓我們兩個變成同一種人，陷入可悲同類相聚的惡性循環。我想避免使用相同的暴力，來表現我的不認同和譴責他的暴力。

看！我是有理性的，我應該沒瘋。我沉住氣盡量正常緩緩地起身走到廚房，打開櫥櫃故意弄亂原本整齊的瓶罐，然後看向在餐椅上的女人。雖然我同時知道自己的行為很幼稚，還擊也很微弱……但卻有效。女人起身移動過來了。我轉身去了後陽台等她。

「妳是我想像出來的？妳知道我在想什麼？」我一看到她就忍不住壓低了聲音問。

「我不知道妳在想什麼。我說的是我的想法。」一樣淡淡地虛無飄渺的語氣。

「妳的？妳也被打過？」她沒回答，只是隔著紗窗望向屋內，像是在搜尋什麼回憶。

頓。

「妳這麼愛他？連……那個了，都還要回到這裡找他？」我發現我不敢說「死」這個字，怕是這偏執的魂還不知自己的狀態。我不想面對她知道真相後的未知反應。

她依舊看著屋內。

我繼續說著：「妳到底是……妳怎麼了？沒事吧？」我發現她一直平靜的表情似乎漸漸激動了起來。

突然她大喊：「你到底想怎麼樣！我實在討厭你的負面情緒，這樣怎麼過日子！有話可以直說嗎？」然後她衝了進去。

我一時無法反應，直到我聽到男人的怒喊：「妳幹嘛！」伴隨桌椅撞擊的聲音。我才醒過來追了進去。我看到女人凶悍地追著男人拳打腳踢，推拉的過程撞倒了椅子和餐櫃上的東西。男人邊防守邊想推開女人。女人順勢緊抱男人的手臂不放，使勁全力咬下。男人甩不掉女人，吃痛地蹲了下來，另一隻手原本抓著女人的頭髮，變成搥著女人要她鬆口。兩人都同時發出野獸般的叫聲。這個女人和剛剛我身邊的是同一個人嗎？人是要被逼得多急，才會變得如此面目全非？我驚恐地站在廚房門口，不知該怎麼辨。在他們紊亂吼叫的空檔，我聽到一直開著的電視傳來的聲音，本能的瞥了一眼。

「？」電視對面坐著從剛剛就沒改變過姿勢的男人？

我再看回剛剛一片狼藉的餐廳。什麼都沒有。桌椅、物品一如往常的安靜、冷漠、不動聲色地待在原處。連女人都消失了。所以剛剛那是……？

在接下來的三四天，我完全被女人說中，或應該說是和女人的模式一樣。我和男人都假裝意外沒有發生，然後慢慢在日常簡單的應對中找回原本的生活模式。唯一的差別是，可能男人對我的動手驚擾了女人的魂魄，所以他們衝突的畫面會不時地浮現在家中的不同角落。好像專演給我一個人看的警世劇。我很想一一向男人取得印證，卻只在一次男人多喝了兩杯時，從這個寡言的男人口中套出：「她性子比較烈，但是個能幹的好女人。

只是管太多了，我也受不了。」算是藉著前女友順便提醒我別管他。

是的。這女人想用自己的方式挽救男人，她不准男人喝酒，她要男人照她的方式振奮起來生活。結果換來更多男人的逃避和謊言。初期女人動手拉扯，男人回敬丟東西。女人謾罵，男人動手。男人女人互相動手，最後女人將男人的物品丟出家門，縱使這其實是男人的家。

我看著他們的動作片想著，她應該真的很愛這個男人吧。居然用這麼強的戰鬥力來面對這段感情。我想我沒辦法，我沒有這麼高的能量。同時我也擔心這些在我面前出現的畫面，會不會成為是對我的預言。

女人雖沒再單獨出現對我說什麼，但我總覺得那些浮現的爭執像是她給我的警告。如果我對兩人相處的狀態感到不耐了，並試圖去攪動男人所處的死水，我也許就會邁入和女人一樣的循環和境地。

我也似乎懂得為何男人這次選擇了我。她也許太過猛烈，兩人的相遇會激起彼此的暴戾。而他一點都沒想被改變。正好我沒想過要督促他奮力改變生活，我只想著要撫慰那個受傷的小男孩。因為我努力想證明自己是有能力照顧別人的人，而不是只能依靠男人的無能女人。

但真的是這樣嗎？我終究好像是那種難逃脫平凡的女人。照顧男人的初期，我可能把男人當成未知世事的幼童，只想著無私給予和付出。但心中隱隱卻盤算著，期待孩子會慢慢成長，然後進一步奢望男孩長大後可以回報我同等的愛。但事實卻是，孩子已習慣媽媽的照顧和付出，這個男孩他埋怨生命卻沒真的想改變宿命，有時我甚至懷疑其實他抓著那些自己值得被人憐憫的過往當成勳章。反正我這個媽媽之前照顧他看來也很樂在其中，他從沒想過原來媽媽也有什麼需求。漸漸的就像在天秤上放籌碼，每在照顧男人那邊多放一個籌碼，就越顯得自己祈求被愛的那邊失衡匱乏。

曾經被打的左臉，其實像被火烙過一樣留下印記。在我照鏡子時、在他晚上開始倒酒時、在夜深人靜躺在他身邊聽著他鼾聲時，都會微微灼熱刺痛起來。但他似乎對我不斷在覺醒和擴張的一切感覺和情感，毫無感知和興趣。

那天晚上我聽著明明平日習以為常的鼾聲，突然感到一陣厭惡。對方明知道自己會打鼾，怎麼從沒擔心過鼾聲是否干擾我的睡眠？就算是一個不走心的詢問都不至於讓我突然如此憤怒。我輕手輕腳想去廁所洗把臉舒緩情緒，卻看見坐在馬桶蓋上哭泣的她。

另一個女人？二號女人？

她也和男人有關係嗎？如果也是前女友……那這是被詛咒了嗎？怎麼可能兩個女友都走了？而且居然還有那麼強的執念都回來這裡？這時我覺得相信是自己精神出問題，可能事情還會合理一些。

我坐在浴缸邊上等著她哭完要跟我說什麼。但她只是靜靜地流著淚，眼淚流完了也沒擦，就愣愣地坐在馬桶上……慢慢消失。

接下來幾天。

男人對著電視獨自喝酒，整夜無言的夜晚，我在臥室窗邊探著頭想看在建築物夾縫中露臉的月亮時，二號女人她靜靜地在窗邊流淚。

男人陪我去隔壁巷子吃小火鍋當作毫無驚喜的生日餐回來後，她好像胃不舒服一個人窩在床上流淚。

當騎摩托車的男人懶得幫我去便利商店拿包裹，卻反要我坐公車下班去拿包裹時順便幫他買酒回來後，我在後陽台看到她爬上疊在小方桌上的餐椅，換後陽台吸頂燈的燈泡。當燈泡亮起來，她把燈罩鎖好。我面帶微笑在內心讚賞她時，她坐在餐椅上嘆了口氣低下了頭。

偶爾男人喝了酒會說些話，我聽他說了一整晚小時候不愉快的成長經驗和工作上的牢騷。她也坐在我旁邊一起安靜地傾聽。其實那都是些重複的話，他一直活在同樣的漩渦裡，我們都沒能將他拖出來。

然後女人開口說話了，「其實我最近也想要換工作……」我驚訝地看向第一次開口的女人。

「這種事妳自己想清楚就好。累了。我去睡了。」耳邊傳來男人的回答和進房的聲音。我一時分不清他是女人那時的男人，還是我的男人？

我很想問女人：「什麼？為什麼？妳發生什麼事想換工作？」就連我這個只是和她沉默度過幾個夜晚，根本算不上認識的人都會好奇。我不明白男人為什麼不聽不問？

女人面無表情、眼神空洞地看著前方，我懷疑剛剛是自己幻聽。

這一陣子在男人缺席或是靜默的時刻，二號女人就會默默地出現。彷佛是在陪我。我看著她總會聯想到一株被遺忘了澆水的花朵，她不但已經開始枯萎，而且發出花朵腐爛時濃郁的花香酸味。

她好像總是看著男人的背影。但相對地，她缺乏被關注。我想被關注是會產生能量的，如果她也能被關注應該就不會枯萎了吧。

這個假日，男人又陷入莫名的沮喪中，一貫的哪裡都不想去、什麼都不想做，躲進了房中，拒絕溝通也哄不好的那種老狀況。我不敢自己出門去，怕他覺得我是針對他的小情緒在表達不滿，或是讓他誤會我在他低落時卻棄他不顧。所以我留在家中小心翼翼不發出聲響，坐在餐桌上發呆。

不一會兒她也出現在我身邊。因為真的沒有什麼特別的事做，所以我看著她。她似乎感受到我的注視，突然慢慢地轉頭看我。我還確認了一下，她是看著我，不是透過我看向遠方。這好像是第一次她看著我，彷彿像我第一次發現她一樣的突然發現我的存在。

我心中一顫。兩人一對眼，像是頻道對上一般，原本我一直覺得自己像個旁觀者一樣的在看二號女人和男人的過往歷程。但此時她出現的畫面像影片快速倒帶一樣在我腦海中出現。我發現我和她幾乎是重疊的，我們根本是同一個視角。

每次她之所以出現，是因為我重複了她的情景和心境？我看著她其實看著的是自己嗎？

我忍不住打了一個冷顫。這個夜氣溫似乎驟降了。

其實我知道只要繼續安靜地保持被動配合，很多關係是可以被延續下去的。

直到那一天，我發現眼前的男人比常去的便利店店員還像陌生人。

直到那一天，我看到天空一朵像鯨魚的雲，我發現自己久違地笑了起來。

直到那一天，我聞到自己也發出枯萎花朵的腐敗味。我的心也變成一灘死水。

直到那一天，我發現已經沒有能量一再重複去救另一個人。我餵一隻流浪貓狗，起碼牠們還會看看我，讓我補充能量。

直到那一天，我終於有點懂媽媽那讓我一向瞧不起的軟弱。此時我不得不承認我也像媽媽一樣，同樣有想要依賴別人的脆弱。

直到那一天，我開始自責，是自己讓男人沒有激情。所以我反省自己離開是否才能給他機會，讓他找到所愛開啟不一樣的生活？

直到那一天，我聽到自己內心在尖叫。

安靜沉默如常的夜。

我特別認真整理好廚房，刷好洗碗槽。彷彿是要確認女人一號會感到滿意。然後緩緩地經過對著電視喝著酒已微醺的男人。開門。我心裡等著男人發問。靜默。我輕輕關上門。下樓。開大門。輕輕關上大門。經過家裡的陽台樓下往巷口走去。短短的路程，一路一直怕面露慌張，故作鎮定反而走得極緩慢。是怕？還是根本在期待什麼？像神話故事裡一樣不斷提醒自己絕對不要回頭，倒不是怕回頭後有什麼魔法會消失，而是更怕自己那張卑微期待又落空的表情。

快到巷口時，我彷彿聽見有人在叫我！我停下來再專心聽了一下。有吧？錯覺？走吧。但如果是真的呢？可否再叫我一聲。沒有聲音……

不爭氣的我回頭了……

陽台上沒有男人。

但有女人、二號女人？是的。兩個女人在向我揮手告別。

沒有話語。但她們就像是給予一個即將遠行的朋友溫柔的祝福。我想走近看清楚，或者是想得到更多支持的力量。

然後看到自己從她們身後走了出來！

女人、二號女人、我自己，三個女人在陽台邊！

她們看我靠近，眼神卻漸漸轉為嚴厲、揮手變成驅趕。

我突然明白了。她們不是什麼已經過世有執念的幽靈，而是各自被留在男人身邊的部分自己。那個連自己都不再喜歡的自己，再也不想帶走的一部分。把那個自己留下來，未來是不是就可以不再犯一樣的錯？是不是將來就不會再陷入雷同的相處模式？

又或者是我將部分的自己留下來陪伴那個我雖已無力付出，但又放心不下、心疼不已的男人。

我呆呆地望著陽台上三個被遺留下來的女人。女人們的臉愈發的猙獰起來，像是更急切地想驅趕我離開。或是在警示我，讓我看到如果繼續留下來我未來的樣貌。

三張猙獰的巨大臉孔撲面而來威嚇。

我轉身拔腿狂奔。

不斷地奔跑。奔跑。

人生中，我已經割捨了部分的自己了。夠了。

我絕對不能回頭了。

我要護著剩餘的自己……

跑吧！

別人的老公總是不會讓人失望

人生有很多時候就是會由這些不可預期的意外帶著我們走向另一條路。

當時的我還開心解讀成「命中注定」。

有人說：「婚姻是女人的第二次投胎。」

第一次投胎到這世上，我駑鈍沒有前世記憶，所以不確定是不是自己選的，但第二次投胎的確是我自己點頭答應的。現在回想起來真是不可思議，在二十幾歲時就要做出和一個男人共度一生的決定！到底哪來的依據、勇氣和自信？

聽過人家說：「我知道就是那個人。」不知道能得到這種天喻的人有多少？他們直到現在都不曾後悔過嗎？

反正年過四十之後的我，這三四年常常會忍不住想著「如果人生可以重來？」

幾乎是愈來愈沒有猶豫的，我想選擇重來。

洗好碗後看見剛洗完澡出來的老公，穿著背心和洗到褪色鬆垮的短褲，肚子大大圓圓，姿勢像隻待宰的青蛙歪斜靠著沙發把手。他滑著手機裡的影音短片。旁邊的小沙發邊桌已擺好一杯高粱，當然整罐高粱瓶就在沙發邊桌下。接下來整個晚上他就會停格在這裡。喔！偶爾他會因短影片裡的內容發出短促的笑聲。不知為何那笑聲總令我惱怒。

結婚十八年所謂生活的默契，可以讓我們一夜無需語言來溝通。

也不想溝通。

他是大我兩屆的學長，畢業後在一家國產化妝品牌做電腦工程師。我大三那年參加同學的生日聚會，才認識了當時同學男友大學同班的他。然後我們就交往了。是因為時光久遠嗎？我有點想不清我們是怎麼開始的，當時有過天雷勾動地火心動的感覺嗎？怎麼回想起來的畫面，都又是假日約出去吃點平常不適合一個人吃的餐廳，偶爾一起看看電影、分食著爆米花。勉強還算是聊得上話。講穿了我和他的親密度好像還不及和女閨蜜在一起的感覺。倒是當時辦生日宴的媒人在一年後和她男友分開了。

我畢業後也不知道自己能做什麼，就在親戚的介紹下去一家小有名氣的皮膚科幫忙處理行政事務。工作的環境說來很單純，其實就是狹隘。來皮膚科絕大多數客戶都是女性。畢業後同學也各自忙碌於工作和生活，漸行漸遠。社交圈不知不覺地被迫縮小到幾乎只剩我和他。有幾年的時間，心情就在「穩定的安心」和「一成不變的枯燥」這兩種感覺中搖擺。

生活、工作和感情綜合的穩定規律，漸漸地變成呆板的壓抑。就在工作近七年之癢、想要勇敢來個突破舒適圈時，我懷孕了。

於是結婚在周遭親友的眼中，似乎成為一個很理所當然改變生活現狀最佳的選項。與其說我也覺得這是個好選擇，不如說是我沒什麼理由抗拒這個選擇。在一起這幾年，兩人沒什麼重大的爭執，我們的工作看似沒什麼成長空間，但也還算穩定。彼此的家庭都很單純，更沒有難溝通的長輩。

他應該沒有出軌過。至於他愛我嗎？起碼感覺他在決定結婚這件事上比我更沒有猶豫，他相信在對的時間遇到對的人、做對的事，就會是正確答案。所有專家不也一再強調這種正確的重要性，高過那些莫須有的浪漫情懷。更別說在新北市，他父母居然還攢下兩間兩房一廳的老公寓，等著他和他弟結婚時一人一間當新房。就像媽媽和診所裡大姊們所說：「不然妳還想怎樣？」

於是，我也只能不要再想怎樣。

其實懷孕時我都還是繼續在診所裡工作，生完小孩後，診所也願意幫我暫時保留職位。只是現實衡量將小孩交給褓母的費用，我幾乎等於在診所做白工。我來不及自己判斷，身邊所有人都告訴我：「既然這樣，妳還不如自己陪小孩成長比較不會掛心。現在決定孕育生命，就要負責和犧牲。」於是我被決定成了全職家庭主婦，社交圈進入一個只圍著小孩團團轉的全新世界。

頭幾年在帶小孩的手忙腳亂中度過。我們本來就沒什麼特殊的興趣，另一方面有了小孩後，花錢時會很自然換算成幾罐奶粉或小孩的補習費。加上家裡的經濟支撐只剩下他一個人，於是一轉眼，我也記不清上次是什麼時候和他去看電影了。

我不知該說他是知足的人還是懶，其實他的工作看不到前景，公司絕不會有漲薪水的空間。在這個時代，他沒有什麼需要花錢的興趣，也許不用背負沉重的房貸就有安居之所可能就是他的底氣，所以他根本沒想要改變現狀拚搏。好像滑滑手機，看看新聞，偶爾打打手遊就可以很開心。連吃的都不在意，每當我偶爾提議改變一下，去在手機影片滑到的熱門餐廳吃飯，他都不感興趣。還不忘評價我是被餐廳裝潢、網紅行銷騙的笨蛋。他常掛在嘴邊的一句話：「我只要有一碗白飯就可以吃得很開心。」但我並沒有因為這句話就慶幸他在飲食上的不挑剔，我反而覺得準備食物給這樣的人吃，十分浪費力氣，沒有成就感。

他另一個口頭禪是：「這樣就很好了——」不可諱言大部分的時候，我也被他這句賴皮人生的話催眠，但有的時候這句話會讓我厭惡的在心裡吶喊：「到底哪裡好了！」

孩子還小的時候，他起碼還願意一週一次在假日時陪我們去公園走走，甚至到離台北不遠的景點晃晃。但孩子大一點以後，連兒子假日都只想要在家裡打電動、滑手機。現在兒子上大學有自己的生活圈，我和他已提早被困在這兩房一廳。他嫌熱、嫌累、嫌塞車、嫌世事的無謂，他只想坐在他家中的王位上。我卻日益感到空虛焦躁，不知這算不算是前更年期的徵狀。我才四十幾歲，好害怕從現在開始到最後的日子，就這樣一模一樣沒有展望。

我開始自己就近出門走走，有時在不算熱的公園裡，抬頭看著樹葉中一閃一閃的陽光、有時在雨天去書局看人看書、有時去附近連鎖咖啡店點一杯四十塊的紅茶，坐著看手機聽聽鄰座的對話、有時坐公車去逛逛花市或美術館，有時就是以家為中心方方正正一圈一圈地散步。

都一個人。到這個年紀，既不願麻煩別人，對自己同行的夥伴更不想苟且。

以前年輕的時候其實也沒特別對什麼才藝感興趣，現在卻興起了很多想學習的念頭。好像人生第一次感受到時間的快轉，深怕虛擲，所以想奮力把握住最後的時光。不過舉凡我提出的書法、茶道、攝影、國標舞，都被他和兒子嘲笑般的一句回話「學那個幹什麼？」給否決了。

是啊！學那些真沒能幹什麼。比起自己賺錢卻不花費什麼錢的他，我想要花錢去學那些也沒要幹什麼的才藝簡直罪惡感十足。

坐在家裡看向窗外，我真的希望有樓下路過的人知道我被困在這裡。我是長髮公主嗎？到這個年紀，連在心裡把自己比喻成公主都會害臊起來。這樣的人生到底有什麼好眷戀而不想重來的嗎？

●

眼前這個帥氣的中年男人不知為何像個做錯事的孩子，有點頹喪地站在那裡，眼睛無力地看著地上。他旁邊站著兩個看起來比他大的婦人。好像一直對他耳提面命什麼重要的事情。然後她們突然轉身把目標轉向我。

「淑華，妳一定要幫他嘛。記得要多一點笑容。」藍衣套裝婦人馬上示範擠出一個完美的笑容。

「親切一點。」和藍套裝神似穿著白絲綢襯衫的婦人也在旁邊搭腔。

「不會說話沒有關係，平常就少說話。」藍套裝婦人說。

「不說最安全。」白襯衫婦人說。

「你們之前不是有請老師上表演課，到時候幾句話給妳腳本事先背一背就好。」藍套裝婦人說。

「很簡單的。就一個形象。」白襯衫婦人。

我看著她們一時有點茫然……然後突然感覺雲霧散去。對了！我是那男人的太太。這兩個婦人是丈夫的兩個姊姊。

「知道了嗎？」藍套裝大姊看我有些遲鈍，急切地再次追問。

「喔。知道。」我想起如果不趕快回覆她會沒完沒了。果然她們得到滿意安心的回答後，又轉頭去教育男人了。

鬆了一口氣的同時，我想著怎麼我就變成他的老婆？是穿越小說看太多嗎？但要穿越也要先受了冤屈而死吧？我怎麼完全沒有這方面的記憶。而且一般的穿越是會回到自己人生前面的階段，可以讓同一個人重新作選擇的關鍵時刻，而我現在怎麼變成這個陌生男人的……這個男人不是一直滿受歡迎的政治家二代嗎？他現在是立法委員吧？我記得他的老婆家好像跟政治也有關係，這時不免懊惱沒仔細關心老公整天看的新聞節目，反正是出了名的郎才女貌。剛剛一瞬間因為完全無法聯想這樣的男人會出現在我眼前，所以辨識不出來。那我……？我急忙掏出口袋裡的手機、打開相機自拍功能……我還是我。他的老婆換成我了，感覺像是我硬生生來把別人的人生取代掉了。

事情是怎麼開始的？好像就是從那句——「別人的老公總是不會讓人失望。」

這兩年手機上的短影音，有很多博主會將夫妻的日常生活相處當成主題。有各式各樣的相處模式，裡面有用幽默的方式抱怨老公，讓網友心有戚戚焉幫個腔。也有很多是高調放閃，這裡面有多種不同類型的人夫，有帥氣迷人的老公、木訥但體貼入微的老公、幽默可愛又金句不斷的老公、多金大方的寵妻狂人……而底下網友的留言，有少部分會分享她也遇到的良人、一部分藉此機會抱怨自己家裡那個男人來吐吐苦水，絕大多數就是充滿羨慕。裡頭常常出現的一句話就是：「別人的老公總是不會讓人失望。」看多了後感覺我也常常浮現這種感慨。

如此說來，我的確在看新聞時羨慕過我現在取代的這個女人。有個英俊瀟灑風度翩翩，家世和修養都雙好的男人。真是太好運了，她應該是幸福的吧。

兩個姊姊交代完，帶著依舊不放心的神情勉強先回家了。啊是的，其實兩個姊姊都聰明又優秀，但早早嫁給環境優渥的商人家當悠哉的貴婦去了。老公是家裡唯一的男孩，從小一表人才，功課又好又乖巧。所以很早就被家族寄予厚望默認要接替爸爸的政治資源。他的路很早就被設定好了。在兩個姊姊的眼中，他始終是那個家中安靜的小弟。尤其這幾年她們的孩子都大了，弟弟的政治事業也一片看好，所以她們一直很熱衷於來當弟弟的幕後軍師，一起守護爸爸留下來的家族榮耀。我在他們眼中就是一個幫不上忙，不要在丈夫政治生涯上成為絆腳石就好的存在。

姊姊們鬧哄哄的離開後，男人也轉身去廁所梳洗換上家居服，然後就進了書房。穿著家居服的他……就像個普通疲累的中年男人。失去了剪裁合宜體面的西裝戰袍，頓時也喪失了平常在媒體上帥氣優秀的光芒。

我在空蕩蕩的客廳站了一下，剛剛的喧譁好不真實。我順手關了客廳的燈、進臥室。

這個家……其實比我原來的家更安靜。我之前的家整晚起碼還會配著激昂的新聞播報。而這個男人的書房像個黑洞，他進去後就不知何時會出來，我常常半夜睡覺翻身才發現他在身邊，也不知到底何時上的床。從以前就是這樣。這幾年更是忙碌，應酬不斷。偶爾我會配合他參與少數的活動或餐會。他都會跟我道謝，非常有禮而客套的那種。

以前的老公總是過於隨便，對兩人生活中我所做的一切都覺得理所應當。得不到一個道謝，我心裡其實是埋怨的。但現在這種道謝，卻又覺得疏離的冰冷。這種疏離也存在他和兒子之間，兒子大學出國念書了，他不希望繼續在國內扮演政治家第三代。男人的姊姊們至今還不放棄的常常找機會想說服兒子接著繼承資源，反倒是男人沒有表示什麼意見。事實上他在育兒的過程中從來也沒表示過什麼意見，兒子小時候，他沒有時間也沒有什麼興致和兒子玩。印象中好像最多就是考完試後會拿著成績單認真地看，然後給予一些勉勵的話。想到這裡我忍不住想笑，好老派啊。

說起來這個帥氣的男人一直很尊重我，不管是家庭裡的或是我自己工作上的決定。平常當我抓住他進書房前的空檔，報備完我的處理後，他幾乎都是點頭贊同。我有時會疑惑，我做的決定都如此完美嗎，還是其實他根本漠不關心這些瑣事？就連選舉他都未曾開口要求我配合，是姊姊們和團隊給的意見。因為他的關係，我其實沒有必須要工作的經濟壓力。但為了他長遠的形象，我在工作的選擇上和外在生活用品的使用上，都要小心一般大眾的評價。

每當我在媒體上看到很多女性選民對他的崇拜，我其實都會忍不住想說：「你們知道他其實是生活白癡，什麼事都不會做嗎？」身為獨子的他自小被照顧得很好，離開家也還有兩個能幹的姊姊像媽媽一樣的跟著出意見，然後我接手。他只要乖乖地讀書，乖乖地照安排去做事。其他的事情就都不關他的事。反正回了家他最多就是吃飯睡覺。瑣事都是我負責，對他而言工作以外的事統統是瑣事。

事實上他的原生家庭就是這樣，所以姊姊們也很習慣性會來幫忙弟弟處理生活。像過年過節的應景食物，她們會準備，這的確省掉我一些麻煩。但有些時候感覺是她們對我的不放心。比如他瘦了，姊姊們就急著帶補湯來，就像是我沒顧好他。甚至有時無奈的會被侵犯隱私。我向他反應過，但他看似也無能為力處理。

就連婚姻好像也是這樣。家裡人覺得他該結婚了，他就選擇了我這個在大學時對他熱情主動的學妹。他家人雖然不是很滿意，但我父母起碼都是殷實的公務員，他們後來可能轉了個念覺得也是不錯的人設。

其實那也是我第一次對他感到失望。記得那一天坐在他家客廳，當時我公公還在，他們家人就像當我不在場的分析我家背景對他將來的助力和缺失。我沒有說話的資格，而他看來也很安靜無所謂。好像如果我被否決了，那就再提出別的人選好了。這樣的事我回家後根本不敢跟爸媽說，當時對這段關係我也不是沒有產生遲疑。只是當他們家判斷我符合資格可以入門後，就用一種極有效率的方式公開並進行婚事。看著爸媽和周遭的人開心和羨慕的樣子，我也恍惚地失去冷靜下來的判斷力，順勢成為了「幸福」的新娘。

結了婚就是需要趕緊生一個小孩。生了小孩，而且還是個男孩，在他們保守的家風下，我算卸下了傳宗接代的「部分」壓力。我永遠記得生完小孩後，他的姊姊們守在產房外比他還開心的樣子。回病房後好像也只有兩個姊姊抱小孩的畫面，他就是在旁邊安靜地看著。

我該說他在身體的接觸上節制而含蓄嗎？他很少抱兒子。也很少抱我。他甚至很少碰我。生完孩子後更是如此。

在未生孩子之前我們的性愛，別說是熱情，似乎和基本慾望的需求也沾不上邊，總覺得是定期的履行義務。雖然我不是在這方面慾求特別高，但再平凡的女人也希望在自己男人面前能有一絲絲性感、在床第上是被需求、是可以挑起對方慾望。希望對方是願意在性愛上取悅自己，或征服自己。

忍不住停下來比較。前一個男人無法給予社經地位上的充足。但起碼妳知道還有些魅力能讓他興奮，性愛也堪稱有趣。如果只能二選一，一般女人會選擇什麼呢？不僅害臊了起來，只有我太看重動物性肉體的慾望了嗎？安慰自己愛的形式有很多，對性事的不熱衷，也許不代表他不愛我。他的工作在媒體監視下，出軌的機率應該也不高。我心中偷偷的小埋怨，根本不需要說出口對旁人抱怨，我自己都可以反駁自己的貪得無厭了。

「我覺得他很冷漠。」

「拜託！他的工作那麼忙，壓力那麼大。身為太太要體諒他一下。他說了一整天的話，回家當然會比較安靜，妳難道要那種話多的男人嗎？」

「在性上面我覺得……」

「妳知不知道有多少女性是沒有性高潮的！要是我家那個有妳老公的那張臉，我光看到就高潮了。妳太貪心吧。有沒有可能是妳的問題？」

「他的姊姊們……」

「是啦！如果是我也會煩。不過她們起碼沒干涉你們的錢吧？妳看妳平常也自由自在的，她們愛照顧弟弟，妳也樂得輕鬆啊。她們愛出主意，可以配合就配合嘛。妳省得負責任。」

「……我……我承認有時候很同情他，因為他人生目標可能都不是自己的。但看著他那空洞的眼神又生氣。明明是一個成人，他卻像個漂亮的人偶，他怎麼可以沒有想法、沒有脾氣。我最無法忍受的是，他當政治人物但連個理想都沒有！」

「……理想……」

好吧。抱歉。天真的人是我……

但「如果人生可以重來一次……我不要和懦弱沒想法的男人在一起！」

●

「謝謝奶奶。」女兒甜滋滋地撒嬌。

把奶奶哄得開開心心的，「婷婷妳出國的錢奶奶出，但要讀我們說好的科系，讀完就回來知道嗎？」

「當然。我也想趕快回來幫奶奶啊。」每次看著女兒和婆婆的應對，我就忍不住想著，「我對女兒的教導也太成功了！她對奶奶真是有一套。」

我婆婆是個能幹的女人。她是續弦，一進門一邊照顧著前妻留下來的一個兒子，一邊也努力生下一女一兒。她不嫌累的還跟在丈夫的身邊學做生意，所以現在除了我公公原本開的汽車零件工廠，她自己還眼光精準的投資了很多房地產。

其實說實話老公家到底多有錢我不知道，反正那些錢表面上我也看不清。看得到的是結婚後就住進在公婆名下，給我老公住著的民生社區老華廈。老公開的車登記在公司名下，他至今也是在自家工廠任經理的領薪階級。但我從發現懷孕就可以感受到他們家可能滿有錢。

從他們對我的態度印證。

我知道她是誰！不，現在應該說我知道我是誰了！我起身走進她家的廁所，看著鏡中的自己。明明好像我還是我，但心中就是知道我現在是那個定期會到皮膚科診所樓上附設的美容醫學維修的女人。笑一笑，果然眼角已因肉毒桿菌而倔強的無法表達笑意。她看起來光鮮亮麗，總大方的和我們分享高檔的甜點或限量難排到的吐司。可能是剛喝完下午茶過來，或是趕著去各式各樣的才藝教室接女兒下課。

我曾經覬覦過自己認識的人的丈夫？也許……有過那麼一兩秒羨慕她的生活，並猜想讓她過上這樣日子的丈夫是什麼樣的人吧。

我剛畢業時當過平面模特兒，有一次和同是模特兒的朋友們去酒吧喝酒認識老公的。他本來是要追另一個女生，但我那個朋友一直有個年長的男性朋友照顧著她。所以老公當時常常找我訴苦，聊著聊著變成我們在一起。發現懷孕時，我們半同居近三個月。其實當時我也不是很確定是不是就要跟著這個男人，我不是刻意不避孕，而是我本來經期就不定期，所以實在沒料到那麼巧會懷孕。

人生有很多時候就是會由這些不可預期的意外帶著我們走向另一條路。當時的我還開心解讀成「命中注定」。

那天我在廁所刷牙準備就寢，他站在廁所門口小心輕聲地說：「我先跟媽說了。她目前還沒表示什麼，也不知道她在想什麼。不過我朋友是建議，我們要不要直接先去驗個ＤＮＡ，這樣也許我媽就馬上答應了。」我當時滿嘴泡沫，很佩服自己還沉得住氣漱口、將泡泡吐乾淨。然後也不顧我抓的只是個漱口杯，舉起漱口杯充滿氣勢地衝出去指著他吼：「你不要太汙辱人了！我是不可能去驗ＤＮＡ的！」他跑得好快，一下就站在大門邊。他沒見過我如此憤怒，彷彿我手上緊抓的是一把菜刀，我再進一步，他就要奪門逃命。留學國外高學歷自認聰明的他，居然編出那麼爛的藉口！什麼朋友建議。什麼媽媽沒說什麼。驗ＤＮＡ！簡直欺人太甚！從這件事情我才知，原來他們自己覺得有錢到怕人家生小孩訛詐他們。

賭一口氣，我決心一個人也要生下孩子。反而是他求我留下。我不知道他用什麼方式去和家裡溝通，反正後來他約姊姊先來關心我懷孕的狀況，看來我是通過第一關，然後姊姊幫忙回去運作。過了一陣子才有機會去拜見我現在的公婆。看來婆婆是無奈的先默認了。根據幾年相處下來我才知道，把我留下來應該是老公一生中對婆婆最大的叛逆了。

但一山還有一山高，婆婆先是說現在籌備婚事需要一點時間，到時肚子大了穿婚紗場面對他們家也不好看。等孩子生了以後再說吧。嗯……看來他們家有頭有臉，特別怕丟臉。還好女兒生下來後，根本和老公是一個模子刻出來的。再也沒人敢跟我提DNA這個字眼。但婚事卻遲遲沒有下文，最後我臭著臉讓男人給女兒辦理了領養。

關於結婚，我不是沒有吵過鬧過，尤其在初期帶小孩紊亂的過程中。

我沒有接工作當全職家庭主婦，拿著老公的信用卡，月底每一筆帳，他對得清清楚楚。仔細想想我根本不是他的誰。經濟上的不安全感和身體的疲憊常讓我情緒低落。可是孩子出生後，老公和公婆也滿疼孩子，我也就失去當初轉身離去的瀟灑。老公、老公叫得真好聽，他至今就是個和我生下女兒的那個男人。

我不確定那個男人有沒有真的想和我結婚的誠意。我從一開始希望有公開的婚禮，到後來只爭取入籍就好，卻都無果。在這個過程中，我只確定在他們家，婆婆是絕對的權威和主事者。有多權威？生完女兒的隔兩年，我其實思考過像婆婆當年那樣，努力再生個兒子。卑微地想著也許為婆婆的獨生子生個兒子，她就會接受我這個媳婦。但才在心中起念，卻被婆婆預先警告不行生豬寶寶，因為和公公的生肖相剋。沒錯！連生小孩都在婆婆的掌控之中。其實公公年紀大了根本不管事。但他們姊弟都異常地懼怕媽媽，所以男人也不敢不從。可能我本來就不好受孕，或許是錯過了那個念頭和時機，反正後來也沒再有過小孩。

他們姊弟甚至會很努力地在婆婆面前爭取表現。就像他們姊弟小時候被婆婆不斷告誡和要求，一定要在各方面表現得比他們同父異母的哥哥好。所以他們姊弟有時合作、有時暗地競爭。

男人直接要求我先在家教好女兒，務必有禮貌嘴甜討好奶奶，一定要比姊姊的女兒還優秀。這不用他說也是我暗自立下的目標。我常覺得他姊姊就代表著婆婆對我的態度。他們姊弟都留美，在我面前，姊姊常常就會開始和他用英文交流。兩個大學才出國的人，到底有什麼必要非得要用英文才能溝通？姊姊還會有意無意地提起他在美國以前的女朋友現在有多優秀。隨時透露一種電視劇裡的豪門傲氣，似乎在嫌棄我只有高商畢業。不知不覺，我發現我沒再想結婚的事，而是把專注力都放在女兒身上。送女兒去上英文的時間，我自己也偷偷上成人班加強。潛意識的希望養育出一個優秀的女兒，幫我在婆婆面前扳回顏面，也希望仰賴女兒給我未來經濟和精神上的安全感。一切我都要從他們家拿回來。女兒也的確非常的聰慧爭氣。

這一切沒有一件事是能讓我有顏面跟別人訴苦抱怨的。能夠忍下來的原因除了女兒，男人當初起碼為我一戰，我記在心裡，尤其愈認識我婆婆後，愈清楚他當年那一戰的含金量。生活上他算是個隨和的人，雖說每個月的帳單他會仔細核對，但其實也不會真的太小氣。看我憋屈了，偶爾會買個禮物哄我開心。家裡的事只要不是違背婆婆的指示，他也大都讓我做主。只不過我很清楚我們之間沒有婚姻的保障，我內心其實是不安的。所以我有些焦慮的比別人努力維持體態和外貌。

這段關係的確從一開始就讓我在害怕被嫌棄和被遺棄中搏鬥。

這關係始於女兒的到來，身為母親我願意一路為她拚搏。只是每當想起我媽媽，當我想到我也是媽媽的寶貝女兒時，我就會忍不住停下來想「我到底在幹什麼？」媽媽是心疼我的，正如我絕對無法接受有人這樣對待我的女兒。對於這一切我其實多是報喜不報憂，但沒有結婚是事實。一開始媽媽詢問過幾次，後來也不過問了，可能不忍心看著我瞎編她永遠聽不明白的理由。因為尊重我，所以她吞忍下來不語。

但我卻讓她失了尊重。

雖然沒有要結婚，但畢竟有了孩子，我要和男人一起生活。所以在我的要求下，由男方作東，讓雙方家長吃個飯認識一下。爸媽從桃園上台北，婆婆他們選在飯店包廂宴客，體面豪氣。但態度上著實有點冷淡和盛氣凌人，我完全感受到爸媽那一頓飯的小心翼翼和窘迫不安。那一定是因為他們看穿了我內心的恐懼和渴望，所以願意放低姿態，卑微地希求我能被善待。後來的十幾年一起吃飯的機會屈指可數，媽媽甚至曾脫口說出：「少見面少犯錯。」

我居然讓他們像小孩一樣害怕犯錯來影響我！前幾年爸媽相繼過世了，媽媽最放不下心的就是我，居然不斷地託付自己的孫女將來一定要好好孝順沒私房錢、沒丈夫、之後也沒娘家依靠的我。

每當想起爸媽，就覺得心痛對不起他們。原來讓自己活得窩囊就是一種不孝。

「如果人生可以重來一次……我應該為了看似體面優渥的光鮮外表，犧牲掉家人和自己的尊嚴，再一次選擇這個男人嗎？」

他是個熱鬧的人。和他在一起的日子總是熱鬧。

有時太熱鬧了。

他不算帥哥，但一直是我們大學大傳系上歡樂的泉源，身邊總圍繞著各種組合的哥兒們。他人看起來鬆弛大而化之，相處起來特別輕鬆。在男生女生裡的人緣都很好。

玩鬧起來沒心沒肺的他，偶然發現我穿新鞋磨破後腳跟時，奔去藥局買了ＯＫ繃給我。這樣的他令我心動了。

當時那ＯＫ繃在我看來猶如鑽石閃閃發亮。

但其實當時我根本搞不懂他到底有沒有在追我。我們看起來更像是一直很要好的哥兒們。在他身邊總是一群人。外出一群人聚餐，他的租屋處有室友和各式各樣找他的朋友。充其量我看來更像是個他也允許賴在身邊的一個朋友罷了。

這樣的他，好像一直沒女朋友。偶爾他身邊會出現一個老跟進跟出的女生，然後會聽他的朋友說：「女生對他有意思。他們應該……」那段時間我就會保持距離靜候。靜候自己死心還是什麼奇蹟？我也不知道。但結果都是他的身邊又變回男團的組合。

和他這種若即若離的狀態好多年，從學生時代到出社會工作。畢業後我到廣播電台工作。他到公關公司辦活動，社交的範圍更大了。在他的人生中，好像哥兒們比女人重要得多。他總讓人感覺抓不住，很難想像他會只屬於我一個人。我不是沒思考過主動出擊，但想到那些隱密地不知有沒有開始、也不知是怎麼結束了，被永遠消失掉的那些女性們，我就怯懦了。也不是沒想過試著另外尋找合適的對象，卻發現自己總在和別人相處時，心裡偷偷想著「和他在一起有趣多了。」

一直這樣偶爾出來吃吃聚聚的關係，在我三十好幾因為生育年齡限制必須開始認真思考未來到底要不要有小孩後，我焦慮了。被逼急了的我，最後抱持一種「都是你太吸引我，耽誤了我的姻緣。所以你要負責！」的無賴氣勢，居然成功將這個男人變成我的丈夫！輕易到我自己都不敢相信，還天真地想過「他會不會是一直喜歡我，只是面對感情的事反而不好意思表白！」

看起來我在這段關係中得償所願，根本就是幸運兒。但其實後來就明白我們最後能當成夫妻，是天時地利人和下的結果。我的生育年齡限制迫使我思考婚姻。那兩年他媽媽身體不好，孝順的他希望能讓媽媽安心。目前我在他身邊，很熟悉他，看來也不會干涉他原有的生活方式。所以我這個好朋友理所當然地雀屏中選。比起那種因一時激情衝動下邁入的婚姻，這不才是很多專家口中所言最理想的結婚選擇嗎？

結婚後除了多出肌膚之親、生孩子和對婆家盡孝的責任，我們之間還是比較像以前的朋友關係。

他的個性依然鬆弛幽默，更不會因為我成為了他的家人，就疏於逗我開心。

很完美。果然和我想得一樣完美。

我常常注意到他們夫妻。我家客廳的陽台可以看到他家。在我配著老公愛看的電視新聞過著日復一日的夜晚時，偶爾他家有人到陽台抽菸聊天的聲音會吸引我。明明看起來年齡應該差不多，我幾乎已經沒有社交圈，而他們還能有那麼多看來歡樂的聚會。就像我常在社群軟體上看到令人羨慕的聚會，而他們是實境版的。他們的工作好像都滿彈性的，打扮有型，看起來比我年輕許多。有時我下午出去超市或是散步時也會遇到他們。他們看來總是他在說她在笑。見面兩三次，她丈夫就主動打起招呼。在現今這個社會，我家公寓樓上有幾戶明明一起住了十幾年，但偶爾進出相遇還是擺明了只想停留在點頭眼神不交會的關係。所以和他們夫妻雖也沒多說話，但就感覺得出是個隨和有趣好相處的人。他們的小孩就讀旁邊的小學，我時常會看到他在學校旁邊花圃坐著等小孩放學。看來很能和人相處，身邊常常會有不同的家長停留下腳步，和他開心地聊天。

我的確想過，如果和這樣的人在一起日子是否比較不會無聊？我的世界是不是會有所不同？

他是現代版很完美的伴侶。我們各自經濟獨立，家務事平均分攤。他風趣幽默，並且很尊重我。沒有大男人主義，沒有占有欲和妒忌心。

唯一的問題是……我愛他。

他可以是他媽媽的、可以是朋友的、可以是兒子的，但我好像依舊被他歸類在朋友圈……好朋友圈。而現實是女性的好朋友可以有很多。

如果我不夠愛他，我也許可以享受這種兩人關係的極大自由。但正因為我愛他，所以無法滿足我只是他在一個剛好的時間做剛好的選擇。

我遺憾在人生中我沒有被偏愛過，沒有被堅定的選擇過。我迂腐地還是嚮往在兩人關係中的獨一無二。我太貪心了嗎？

專家口中那種能像朋友的理想夫妻狀態，應該比較適用於兩人是彼此人生中難得契合的朋友。而不是他這種到處都是好朋友的類型。我甚至還當不了他最好的朋友。結婚後他身邊還是圍繞著各式朋友，家裡常常有朋友來往。只是有小孩後，有時在家裡招待令我難免疲憊，就變成他出去聚會，我留守家裡帶小孩。這點我看得很清楚，從學生時代起一直圍繞在我們身邊的所有朋友，如果有一天我和他分開將會跟著一併失去。偶爾沒有聚會的日子，就去陪婆婆。我們愈來愈少有機會單獨相處，我甚至懷疑他是不是覺得和我單獨相處很無聊。

他對我工作環境的往來，從不過問和干涉，在別人看來是對我百分之百的信任。但我知道那近乎漠不關心。對我來說，要我完全不在意他和其他女性的來往關係，就只能是我不再愛這個人了。縱使我不斷理性地說服自己，每個人都不一樣。但最終我們還是只能用自己可以理解的方式來看世界，因為我感受到的失落和妒意是那麼真切。

他給予我的自由，更顯得我的猜疑小鼻子小眼睛。所以當他不小心喝多了失去聯絡，留在女性朋友的家中過夜，我必須謝謝對方的安全收留。在他好不容易有假時，無法放下工作和帶小孩的我卻要感謝願意陪他去冰島看極光的女性朋友。更別說那些夜裡打來分享心情的女性朋友。

我不知道我演得好不好，但我承認我有種快要失控的感覺。我很想吶喊「我根本不想要扮演什麼開放的新時代女性。我會嫉妒、我有占有欲，我就是那種傳統小格局的女人。我不要只當你聊得來的好朋友！不夠！一點都不夠！我愛你。在這個世界我也許很平凡，但我可以在你的眼中當那個最特別的女人嗎？」

你知道嗎？如果你用獨特的眼光看著我，我將在這世界閃閃發亮。

但不用等他身邊的那些女性友人對我投來質疑的眼神，我早已對自己失去信心。走路習慣落後他一兩步，方便可以在必要時逃脫別人的眼光，假裝自己是個跟他沒關係的陌生人。我知道我總是追逐他背影的眼神，其實已經黯淡無光。

如果人生可以重來一次，「我要選擇和我愛的人還是愛我的人在一起？」

年輕的我一定不敢相信，這種在女性雜誌會出現用來消遣的問題，居然有一天我會需要那麼認真的重新思考。

●

窗外的天色像是有人趁我不注意時關了燈，瞬間暗了下來。我用力地眨眨眼，發現自己又回到靠窗邊沙發上的老位置。我回來了？

看向斜對面人家，她昏暗的剪影一個人靠在陽台，緩緩一閃一閃地抽著菸。她對著巷口，在看什麼呢？

我突然想起那天在學校附近巷弄中，看到他先生坐在另一個媽媽的車上。那是一個我也常在小學門口看到的漂亮媽媽。仔細想想我的確是在那個時候對他閃過了一絲非分之想。

我看著站在陽台的她心想，「她知道那個媽媽嗎？」突然心疼起她，不太羨慕了，那好像也是我承受不起的關係。

老天給了我這奇妙的機會去經歷不同於我枯燥的婚姻，但我在那些外人看似幸福的關係裡依舊感到痛苦不堪。這一切到底想要告訴我什麼？

婚姻本身就是如此荒謬？本就不應該期待婚姻中會理所當然包含相對應的愛、心靈契合、體貼呵護這類高標準？是只有我還在這樣無可救藥地定義婚姻嗎？還是只有我們少部分的人沒有資格得到幸福？或是純粹只因我太挑剔，所以在幸福中而不自知？

也許讓我走這一遭就是要我重新思考婚姻的定義。除去了以上奢侈的高標準，兩人一起生活的婚姻剩下的功能是什麼？是離開原生家庭的充分理由？合法共享經濟？生活上的互助？合法生育？合法簽署對方的醫療決策文件？

或是其實婚姻本來就沒什麼意義，事實上婚姻這個合約可能也會慢慢勢微。

如果人生可以……

沒有任何反應？魔法歷程結束了？難道這就真的是答案！

事實是人生沒有辦法重來。

而我還困在這裡。

我看到對面的她熄了菸對樓下打招呼。我低頭看見她那隨和的男人帶著小孩回家了。她轉身進了客廳、拉上紗窗。

她親手將自己關了進去。

我看著對面一戶戶亮起的燈，耳邊突然聽見一隻隻困獸的嚎叫聲……

幸福

我還將手機貼近耳邊，想聽清楚「愛妳」那兩字。
那兩個字本身就充滿魔力，
聽到居然就有著被愛著的感覺。

每天早上醒來半睜眼，第一件事就是伸手去摸床頭的手機。嘴裡喃喃地說聲「早安」。然後打開社交平台，首頁就會跳出好幾個男朋友的影片。新的、舊的都有。一早起床，我會先搜尋一些新的物料；有昨天晚上他收工回飯店的畫面，也有今天一早去坐飛機的部分影片。

沒錯。我喜歡的他根本不需要跟我報告他每天在做什麼。他的行程幾乎都攤在這些影片當中。因為他是一個目前在大陸還滿有知名度的男演員。

對於這些每天在拍片現場、在酒店守候他的影迷或「私生飯」，我有矛盾的心情。我當然知道這些走到哪裡都在的粉絲，其實已經讓他寸步難行，也不得不犧牲掉一些旁人看來再平常不過的生活型態。他喜歡自由自在地去到處走走，喜歡找哥兒們一起運動、吃火鍋。但因為現在增高的人氣，身邊到處都是手機錄製的影片，為了避免造成身邊朋友和公司的困擾，所以他接受了公司安排更多跟在身邊的助理，也放棄許多自由和正常社交。

其實這的確造成他很大的壓力，工作的時候還好，反正絕大部分的時間就是在片場。但休假時也困在家中實在很無聊，真要出門又要遮遮掩掩更覺得難受。雖然他說絕大部分真的喜歡他的粉絲都很理性而有禮，但實在難免會遇到一些只是看熱鬧、沒有分寸、賣他照片的私生飯，甚至是有惡意的路人。我知道他總是努力地保持風度和禮貌，但我很了解其實他性格裡直率的部分，所以更能理解他的辛苦。

對於這些事，他總是說得很淡。但我常常可以從那些直捅到他面前的粉絲鏡頭，看到他表情些微的變化。他覺得自己快三十的歲數在娛樂圈來說年紀不小了，去年好不容易因為一個劇才突然暴漲粉，他很珍惜也很感謝這些願意支持他的粉絲。畢竟現在的市場很多時候荒謬的只以流量來評斷一個專業演員的價值，所以他總希望每一次出現在大家面前能有好狀態，努力的回應、滿足大家。

我很心疼，但同時在漫長的兩地分隔下，我又很感謝這些粉絲拍的影片。

有時我會想以前在沒有便捷的通訊軟體下，遠距離的愛戀可以撐多久？當容貌都在記憶裡模糊了，只能看著書信裡的文字，用自己的記憶想像對方可能的語氣來解讀內容。那樣的情感可能比一個表演者要在戲裡愛上眼前的對手演員，要有更強的信念感才能維持吧。

而我幸運地幾乎天天可以透過這些影片看到他，記錄的細節絕對比大而化之的他會給我的細膩許多。雖然距上次見他已經是四個月前，下次的見面可能還要等到兩個月後他殺青，才能看看是否有機會。但比起身邊女性朋友，她們丈夫明明天天在身邊，卻好像從沒花時間注視彼此。我卻因為有這些影片反而沒有任何久別之感。

我承認有時我還會慶幸，在這些粉絲緊迫盯人的監視之下，我不用對他身邊的女性來往有過多沒必要的想像。

「在活動現場梳化。妳出門要注意安全。」想起剛剛收到微信跳出的訊息。甜甜的，有人掛念自己出入的平安，彷彿就得到祝福、打了一劑活血，可以元氣滿滿地開啟一天。

其實我比他大了十五歲。會喜歡一個小十五歲的男人，可能有人會覺得我瘋了。是母愛過剩嗎？雖然平常他看來是個愛玩愛鬧的大男孩，但實際上卻是一個非常懂事又體貼的男人。也可能因為生長環境的差別，我真心覺得他在人情世故上比我成熟太多。其實平常生活絕大部分遇到事情時，我反而都還會假想「如果是他會怎麼做？」然後才跟著做出判斷。有時敏感的我在工作時聽到同事的話語，容易過度詮釋而陷入內耗。這時我就會想想他，豁達的他肯定就是一笑置之並說：「有則改之，無則加勉囉。」

跟著他笑一笑就覺得剛剛自己的內耗真是多餘的。

在我這個年紀，其實在公司已經位於領導階層，在工作中總是要負起責任當大姊姊、用成人的態度來帶領小團隊完成目標，難免有時覺得累和老氣橫秋。但每每看到他，就會讓我忘卻鏡中真實的自己，彷彿可以任性地回到那個和我眼中的他相襯的年紀，那個我內心依舊孩子氣的自己。可以傻笑、玩樂、偶爾犯錯。總覺得是他一路在摸摸我的頭、激勵我，帶領我前進。

真的要說瘋的是他吧。女人四十一枝花，我這枝花都過熟了。既不是富婆，其實連長相身材還真是一般。老實說有時照鏡子時都會自問「妳憑什麼？」去年不敵代謝還胖了起來，後來是看著他為了拍戲，明明沒什麼時間休息卻還抓緊時間努力健身，才激勵著我跟著控制體重，恢復較正常的體態。

剛開完公司下週末要參加珠寶展活動的內部會議，會議進行得滿順利的，但其實繁瑣的事很多，開完會腦子嗡嗡作響。趁著等一下要去巡店的空檔，去茶水間給自己沖了一杯咖啡。

以前很喜歡在休憩的空檔，在茶水間和同事喝茶聊天開玩笑，但老實說到了某個年紀，尤其當了主管後，自己覺得一切如常的事，其實不知不覺的好像讓一些年輕的同事感到不自在。在某一刻自己就體會到其實保持距離，才是對年輕同事最好的體貼。所以我來茶水間的次數變少了，就算是現在匆匆的空檔來泡個咖啡，我也會一路對著手機、做自己的事裝忙；避免讓同事覺得有需要對我找話題說的負擔。

其實以前我總喝不慣咖啡，因為看他天天喝咖啡才學著喝。一方面想體會他的味覺，另一方面就算我現在在工作中常常是自己孤身一人，但喝著一杯咖啡好像就能感覺他的陪伴。同時打開他的影片看看，看著他在活動裡咧著嘴開心地笑著，我也跟著微笑了。明明知道他昨晚拍攝到很晚，今天又一早的飛機趕到活動現場，晚上還要趕回拍攝地接著明天一早的拍攝，但他看來還是精神奕奕活力充沛。頓時也覺得等一下要跑好幾個點巡店的自己，一點也不辛苦了。

一路巡店，一路上手機裡公司的各個群組訊息處理也沒停過。

終於只剩一站就要巡完店，坐在車上回完訊息的一個深呼吸。我心中開心地對他說：「我今天也和你一樣努力吧。」

手機跳出訊息：「早上小杰說想在家吃飯，妳接他後弄一下晚餐。」

現在每每跳出男人的訊息都不自覺的心驚，「又有什麼事要做？」因為不會有任何其他的驚喜，永遠都只是交代我要做什麼事。

心中難免小小埋怨男人怎麼早上也沒問過我就自己答應了。雖然就算問我，我也只會回「好」。

但我也在工作，先不論我是否能趕得及做，如果有人先問過我想不想在奔波了一天下班之後還趕回家做晚飯，我會舒服得多。

更不用說為什麼早上就知道的事卻不早上就提醒我，而是在近傍晚的現在才告知我？

以我對男人的了解，其實小杰想吃只是個參考。一早沒說是因為男人自己還在感覺，也許他會有更想要的晚餐選擇。但到了這個時間，男人自己可能沒什麼特別想要吃的，也有點懶散、不想外出覓食，所以就決定讓我隨便做好了。

原本覺得快完成工作的輕鬆感頓時消失，取而代之的是另一場與時間搏鬥的計畫。因為原本今天只有要趕著準時去學校接小杰，我是計畫如果巡店提前結束，就先去學校旁邊買便當；如果太趕，就先接孩子再去買便當。但現在最好是能提早去買好食材，起碼先趕回家讓電鍋煮個飯，然後再去接小杰，否則要完成晚餐怕會太晚。

接下來最後一站的巡店，我一直緊盯著時間，只能順著該有的SOP重點完成。平常會花時間和店裡熟識的銷售人員聊聊天，畢竟我們的活動要靠第一線的她們執行，而她們回饋客戶的反應更是我們珍貴的參考元素。但今天這一站的幾個女售貨員知道我還要趕時間回去做飯，反而都催著我完成工作，嘴裡還叨叨唸著：「開始塞車了，快走吧。」對於自己的工作環境大多是溫暖的女性陣線聯盟支援，衷心感到欣慰。

去超市的路上正盤算著要做什麼晚餐，突然浮現出他那天在實境綜藝節目裡做的肉絲蛋炒飯，他最後還加上了畫龍點睛的洋芋片，這實在太像他孩子氣一般的特性，本來就喜歡脆脆口感的我，也完全可以想像多一層的口感能有多好玩和好吃。想起他炒飯時的身影，遺憾沒吃過他親手做的。沒關係，那就照著這個做法自己做一次吧。心中同時還盤算著：「嗯。炒飯快。而且肉、蛋、澱粉都有了。再加點青菜好了，這樣營養均衡了。」

接小杰回家後，沒多久男人也到家了。先讓他們去梳洗，我忙著準備炒飯的備料，等他們舒服地梳洗完，剛好能吃飯。小杰聽到我說炒飯上要加一點碎洋芋片，很開心地想嘗試，男人卻皺著眉頭說：「不要亂加什麼洋芋片！」

小杰尷尬地看我一眼不敢說什麼。但我還是偷偷地在給小杰的炒飯上撒了洋芋片碎片。我站在廚房門口，看著小杰吃了第一口，他彷彿發現什麼驚喜地回頭看我，我們兩個會心一笑。

好感謝他炒飯上的洋芋片，讓我和小杰像兩個共謀搗蛋得逞的小孩一樣開心。

趁他們吃飯時，我也抓緊時間去梳洗，趕著把全家換下來的衣物丟進洗衣機後，才坐下來用餐。

炒飯已經冷了，但配著剛撒上還脆口的洋芋片，依舊很好吃。

「謝謝他做給我吃的炒飯。」

檢查完小杰的功課、做完家務、整理好隔天工作的資料。去客廳洗手間上廁所，然後隨手清理馬桶，擦拭洗手槽和鏡面的水漬。

看到鏡中的自己……真的有年紀了。有眼袋、面露疲態，展出笑容還能掩飾一下臉頰的微微下垂，但眼角擠出的魚尾紋馬上跳出來嘲笑妳：「還有這裡呢。妳要怎麼遮掩？」

其實以往自己在同齡層並不算顯老的，一直以來雖沒有刻意維持，但狀況都還不錯。

然而最近不知是否因為常常看著他，除了相差十五歲，他還天生皮膚白皙細緻，食量大還吃不胖。每每看著他時，我發現自己會無意識地跟著眼前的他回到二十幾歲時的心態。但這種時候若一不小心從鏡中看到自己，都會瞬間錯愕的被拉回現實。開始意識到平常可能自己在所處的環境麻痺了，對自己的狀態和身材管理要求都太低。

對這樣憔悴的自己卻喜歡他，甚至有一絲絲的羞愧。

最近是真的比較勤於保養和注重自己的身材管理。

男人也許都不會發現差別，沒關係。那就為了喜歡的他而努力。

睡前為自己倒杯紅酒，放鬆心情享受屬於自己的時間。好整以暇地看一集他新播放的劇。其實很想一次趕快看完他的新劇，但又想延長每天有期待的新鮮陪伴。看他的劇總無法全心投入當一個觀眾，總會分神於一些與劇無關的事。比如會嚴厲地小小挑剔他表現還不夠完美的部分，但同時也讚嘆他絕大部分的努力進步。看著他呼出的冷空氣，就分心地心疼著他拍攝時穿得如此單薄的辛苦。

看完劇後再去刷刷短影音，看看大家對他新播劇的評價。當然難免還是會有人批評，但看得出大多數人還是喜歡，並肯定他的努力。我雖不好意思加入評論區討論，但看到大多數的好評，我就替他開心了。有時看到網路上莫名猛烈的攻擊，我會特意去搜尋今天站姐們跟拍的短影音，從這些短影音中觀察判斷他的心情是否被影響。但不愧是他，縱使年紀輕輕，他依舊是我的典範，總是情緒平和地做著自己該做的事。

我知道他是本著他對影迷的初心，希望回饋給影迷正面樂觀的愉快力量。

說來汗顏，以前我好像對工作就只知道埋頭苦幹地完成任務。我認真且認分，所以今天還可以被小小肯定做到一個主管的位置。但好像真的是看到他在努力做的事，我才真的認真思考，想要提升自己工作的層次，去傳達我們產業販賣的珠寶、飾品帶給顧客的幸福感。

不只我驚奇，網路上也有很多影迷們感嘆到底他的父母是怎麼教出這樣懂事的孩子。這種小細節如果不是本性，實在很難是這個年紀的孩子裝得出來的。也許真的是天選之人吧。

一整天的忙碌，在看著他的劇和總是開心咧著嘴笑的影片中，不自覺地也跟著微笑結束這一天。

自從有了他之後，發現自己產生微妙的變化。因為他總對著我笑著，不知為何他就是像陽光一樣有滿滿的活力。他笑，我就不知所以地跟著笑。雖然什麼都搞不清楚，但好像因為自己笑了，心情就跟著豁然開朗。白天的匆忙、工作的高壓、一個人的孤單，縱使其實一整天不見得遇見一件好事，但我只要在疲憊的空檔看著他那肆無忌憚的笑，我就可以滿血復活。老實說因為心情的放鬆，我連睡前的酒都少喝了。

躡手躡腳地進房，男人已鼾聲大作。怕驚醒他，我盡可能離他遠一些躺在床的邊邊。

心裡空空的，突然想不起身旁的男人上次是什麼時候擁抱自己了。輕輕轉身，背對著男人用被子將自己捆得緊緊的。想像他從背後環抱著自己入睡。在腦海中移植來他在新劇裡的一小段劇情畫面，感覺他輕輕摸著我的頭、安撫我入睡……

我心暖暖地，微笑入眠。

假日帶小杰去上足球課。男人難得假期希望可以待在家中。小杰上課時，我被旁邊籃球場上熱血的籃球競賽吸引了過去。心裡想著如果你在的話，一定也在場上吧。你不會放過這樣的好天氣，在籃球場上和認識的、不認識的朋友一起跑跑跳跳，才是你消除疲勞的方式。

以往來陪上課可能躲在樹蔭下、沒那麼喜歡曬太陽的我，頓時也覺得陽光可愛了起來。這天，我一直在陽光下散步，直至頭頂、臉龐、肩膀、手臂都暖暖地。

上完足球課，陪小杰去排隊玩機台。在旁邊等待的過程中，心裡一邊盤算著等一下要去買火鍋底料回去當晚餐，一邊用訊息做了幾個工作上的確認。然後習慣性地滑開他的影片，卻意外收到他捎來的祕密信號。

平常他可能就只是和身邊跟著的影迷揮手打招呼或提醒注意安全，今天卻突然說了「愛妳」。

忍不住重複看了兩三次，在周圍都是孩子的吵雜環境中，我還將手機貼近耳邊，想聽清楚「愛妳」那兩字。那兩個字本身就充滿魔力，聽到居然就有著被愛著的感覺。

就當是一個給我的專屬信號吧。

今天是特別忙碌的一天。品牌在飯店辦新系列發表活動，我穿著高跟鞋奔走、招待到腳指頭近乎沒有知覺。活動結束後，我才發現自己保持的笑臉痠痛不已。但活動很順利，隨後在電子媒體露出的版面也都很漂亮，可以預期之後的報章和雜誌宣傳版面效果也不會差。今晚可以小小鬆一口氣。在整理東西回公司的車上，終於有空打開手機。

影片鋪天蓋地不正常的充斥著同樣的消息：今天他突然大方官宣承認和L女星交往的傳聞！

我第一時間忍不住「啊——」的出聲。同車的同事還以為我漏收了什麼東西，擔心了一下。

心裡酸酸的。明知自己荒謬，但第一時間我是有點生氣的。你難道沒想過這樣做會讓很多粉絲心碎？所以在愛情面前，一路支持你的粉絲對你來說已經不重要？果然沒多久就滑到瞬間掉粉的報導。然後我馬上又因為他掉粉而轉為替他煩惱。也氣惱那些因為他官宣戀愛就棄粉的假粉絲。「難道你們喜歡他，就只因為他是單身？不是因為他的努力和人格特質？」意識到自己看著手機螢幕，立場搖擺猶如精神分裂地想著這些，我都被自己逗笑了。

接著幾天，在工作和生活的空檔，我又搖身一變成為一個媽粉。像一個惡婆婆眼光犀利地檢視著以往極不熟悉的L女星。同時想像喜歡L女星這一型的他，更多的面向。從一開始訝異他眼光不好、擔心他是否被騙了，但看著他官宣後總開心的笑臉，好像就慢慢覺得L女星沒那麼討厭……

矛盾的失落感沒有持續多久，隨之而來的是對自己偶像的敬佩。這實在很像大咧咧的他會做的事不是嗎。縱使他的粉絲追蹤數瞬間掉粉，他就是大大方方，不走一般偶像尋常的路，篤定做他認定該做的事。

女人不就期待自己會遇到一個這樣有擔當的男人？我其實更開心於人生如此重要的決定，他依舊處理得很帥，成為我的典範和嚮往。

沒多久原本認為L女星搶走他的粉絲們，也漸漸從胡亂謾罵到跟隨他堅定的眼神而愛屋及烏。

我居然也有過一個念頭：「拜託妳要好好照顧他，成為支持他的後盾。」

我轉換心態之快速令自己也驚訝。不但沒覺得自己喜歡的人被奪走，我甚至一瞬間還有點荒謬的錯以為自己是大肚量成全別人相愛的女人。

真要說有什麼細微的差別可能是，我沒有辦法再幻想他是自己的男朋友了。因為那好像會動搖現在他在我心中專情的形象。

進而不可思議的是，自己居然開始嗑起他們的ＣＰ。從來不知原來看著真實的ＣＰ，我也可以有代入的幸福感。

看著他們一起上頒獎典禮，雖然沒走在一起，但眼神不時交會，完全可以感受到那種曖昧的悸動。

看著他在她背後成為盯妻狂魔，我彷彿也感受一次灼熱的注目。

看著他們各自在社群媒體上巧合重疊的蛛絲馬跡，我也跟著快樂了一下。

和網路上其他哀嚎的粉絲們一樣，我難免也想過：「為什麼自己就是遇不到這樣的男人？」

是不是有些幸福在現實中注定是不存在的。

我期盼他幸福，因為我的幸福和他的幸福連結在一起了。所以心中隱隱憂慮他們幫我營造出的虛擬世界崩塌。我希望他們的故事永遠不要墜回凡間。

請保持擁有我沒有的勇氣和熱情，只要他繼續往前走，彷彿我也有愛的動力。

只要他熾熱地去愛，我也可以真切地體驗那未曾擁有的幸福感。

用那份幸福把心捂熱後，我就可以有餘溫繼續轉身去面對愛情童話故事終結後，那從未說給孩童聽的妖獸世界。

後記
那些說不出口的⋯⋯

二〇二〇年因為疫情的關係空出了時間，學了一些之前想學沒空學的事。同時在四月也開始下筆寫了一篇之前就存在記事本裡，一直想寫的其中一個小故事。當時分享在自己臉書粉專上〈那些說不出口的⋯⋯「寧靜」〉，即現在〈透明〉的前身。

出版社的編輯看完初稿後問我「為什麼想要寫這個題材？」

其實我在書寫的過程中也問自己好多次。為什麼？我想首先當然是因為自己在婚姻中，很清楚維持婚姻、維持個人自主的困難。先不討論「婚姻」二字所涵蓋的一切責任與關係，也先不討論這件事本身的對錯，這些問題都太大。畢竟一夫一妻婚姻制度一直到民國十九年民法親屬編制定公布，源於西方基督教國家之一夫一妻制度才隨之移植於我國婚姻法律規範中，實踐的時間真的不算長。光是要長久地與另一個人相處，那就是一門艱深的學問，裡面包含了許多彼此的合作、妥協與忍讓。像我是一個沒辦法刺青的人，因為我根本無法確定我會喜歡一個象徵性的圖案多久。由此細想，不要說「一生只愛一個人」，連「我願與你共度一生」聽起來簡直是一個天方夜譚又不負責任的承諾。

在婚姻中的人會很自然的遇到更多同圈子的人，社群的存在也改變了許多人的表達方式，那成為了一個可以讓人似假還真表達情緒的出口，所以我不知不覺的也看過許多光怪陸離的婚姻狀態。

好。以上是理性思考整理後的官方說法，這也確實是我的部分想法。

更貼近事實上……其實我也不知道。

當初時報出版公司的趙董事長看了〈透明〉後覺得滿有意思可以往下寫，他覺得我書寫的出發點如同我表演者的身分，用狂想的思考邏輯和扮演筆下的角色在創作劇中人物。董事長並沒有特別建議我書寫的主題和內容，如果要我選擇的話，我可能會說想寫個溫暖人心的故事。

但很奇妙，每次打開我的小本本看看哪個角色熱切的呼喚我想出來說故事，唯一讓我有迫切感、有動力開始說故事的，依序就是大家現在看到的六個短篇了。於是我就決定順其自然只說出有迫切表達需求的故事，果然寫完了這六個故事彷彿喧囂的靈魂就沉靜了下來。它們的確同一脈絡，全都是兩人感情關係裡的困頓和說不出口的壓抑，所引發出的各種奇想。說穿了，不是我為什麼要說這幾個故事，真的是我被這些終於忍不住有話想說出口的角色選擇了。

可能是身為演員做功課的本能和習慣，我很習慣觀察人，可以敏銳的感受到細小的動作、語氣的變化和人與人之間的親疏關係。曾經許多次，很多在外人看來美滿的關係，可能其中一個人的一個小動作、一句話的說法，甚至是一個回話的停頓，我心中會奇妙地響起一個警鐘，內心浮現像小時候看完電影後回家自行想像衍伸出畫外的故事，很奇妙我就是感覺得到。事實上經過時間的推演，絕大多數會讓我停駐注意的關係，都驗證了當時我想像的狀況，其中還有後來就離異的。我對人的情緒敏感，但當然不至於有什麼靈異體質，就只是單純因為人顯露於外的語言、行為、眼神都源自於心。就我表演者的功課來說，有些台詞或行為不符合人設與關係，必有其變異的內在因素所判斷出來的。

本書雖然寫的角度在女性這邊，但在婚姻中不同苦悶程度的男女比例出乎意料地都很高，你以為在這個講求自我的年代，離婚率提升，會隱忍的人應該不多。但支撐婚姻的不只是感情，還有各式各樣的牽絆讓大家很多時候只能選擇留在原地。

你會訝異其實整個社會對人在婚姻裡的心理需求還是很狹隘的。

相對於女性，男人之間對於「自由」的需求似乎比較有一種群體心照不宣的體諒和維護的默契。戲劇源自於生活，戲裡不是就常告訴大家，需給男人在家中一個享受孤獨的空間、一段獨自的散步、回家前不被打擾的車內時光，還要適度地給男人和友人來一個屬於男孩的放風旅程。男性如果抱怨婚姻的生活狀態，其他男性就算不敢吱聲，也會報以一個體諒的眼神。而女性呢？好像除了男方出軌，女性聯盟會團結地站在同一陣線，其他很多女性的感覺似乎不太能說得出口。很有趣的是主力攻擊者通常不是異性，而是許許多多站在道德制高點的女性，裡面不乏一樣走過婚姻荊棘已自行戴上榮耀徽章的婦女。

有太多的例子，當女性在公開的社群抱怨在婚姻中失去自由、情感沒有被滿足、很想得到喘息的自由或思考離開婚姻，底下來自於同性的留言砲火隆隆，有指責其不負責任的，攻擊她自私、幼稚、公主病、不切實際，甚至還有很多直接告誡她婚姻就是要犧牲奉獻。不可思議，彷彿女性進入婚姻後不能再感受男女之間的愛，不宜貪婪地有相夫教子之外的精神和生理需求。而那些拿起大旗攻擊的女性們好像有一個共同的使命，要維繫好已婚女性在這個世界的完美人設。

我對於那些對婚姻負起重責大任的留言者們的婚姻充滿了興趣與好奇。我自己進入婚姻和育兒後，沒覺得什麼特別不適，也有很多歡笑和幸福的時刻，但我反而好像再無法給他人進入婚姻和生兒育女的建議，起碼我覺得那不見得是所有人必經的旅程。很神祕地我就很想說這些故事。

身為演員從平常在別人創作的故事中來詮釋一個角色，到想要自己說出一個故事，那思考邏輯既不同又有相近之處。我好像就是先有一個大架構知道自己想要說什麼，然後就坐下來面對角色，「聽」她告訴我她都經歷了些什麼。在書寫的過程中很多時候我也不知角色要帶我往哪裡去，有時繞遠路，有時我會停下來像個朋友和角色對話，猜想她到底想說什麼或梳理她情感的問題在哪裡，然後再繼續聽她訴說。

對！其實就是聽這幾個角色訴說，這幾個短篇都是以「我」來做主訴者，她們說出她們的感覺。請注意那是她們的感覺，是以她們的立場來看待。距離兩人關係真相的遠近我們並不清楚。有時候我們的婚姻關係也許就是存在於我們各自的想法跟想像之中，那樣的關係無法評斷出是與非，很可能只是兩人彼此的無法理解而各說各話。

但我在書裡提過不只一次，那些想法就會產生她們真實的感受。她們說了出來，而我願意聽和試著理解她們的苦悶和糾結，我記錄了下來，也藉由第一人稱讓我們每一個人都代入當那個扮演者。更感謝你們願意一起看她分享，她們總要有機會吐吐苦水。而有這些角色的分享，也讓妳知道有人和妳一樣，懂妳的忍耐、不滿足、寂寞和壓抑。那不是妳一個人的無病呻吟。「我」這個主訴者可以是每一個在婚姻裡的女人。事實上這六個故事在情感和婚姻大戲中都還只是女人故事的冰山一角。

故事裡的男人都沒有特定的名字，就連〈留在輕井澤的魔鬼〉裡面唯一有稱呼的「U先生」，其實也只是日文裡出軌的男人（浮気男Uwaki otoko）的代號而已。他們象徵廣泛性的男人，而火星人在我們金星人的眼中某種程度都很像。

STORY 87

那些婚姻裡不能說的故事：范瑞君短篇創作集

作　者—范瑞君
內頁插畫—范瑞君
編輯副總監—何靜婷
特約編輯—杜秀卿
封面設計—陳文德
內頁設計—栗子
排　版—菩薩蠻電腦科技有限公司

董事長—趙政岷
出版者—時報文化出版企業股份有限公司
一〇八一九臺北市和平西路三段二四〇號四樓
發行專線—（〇二）二三〇六六八四二
讀者服務專線—〇八〇〇二三一七〇五・（〇二）二三〇四七一〇三
讀者服務傳真—（〇二）二三〇四六八五八
郵撥—一九三四四七二四時報文化出版公司
信箱—一〇八九九臺北華江橋郵局第九九信箱
時報悅讀網—http://www.readingtimes.com.tw
法律顧問—理律法律事務所陳長文律師、李念祖律師
印　刷—家佑印刷有限公司
初版一刷—二〇二四年五月十七日
定　價—新台幣三〇〇元

時報文化出版公司成立於一九七五年，
並於一九九九年股票上櫃公開發行，於二〇〇八年脫離中時集團非屬旺中，
以「尊重智慧與創意的文化事業」為信念。

那些婚姻裡不能說的故事：范瑞君短篇創作集／
范瑞君著. -- 初版. -- 臺北市：時報文化出版企業
股份有限公司, 2024.05
面；　公分.（Story；87）
ISBN 978-626-396-199-9（平裝）

863.57　　113005129

ISBN 978-626-396-199-9
Printed in Taiwan